DETEKTIV

Barbara Veit

Gefährliches Strandgut

Barbara Veit

Barbara Veit studierte nach dem Abitur Zeitungs- und Politikwissenschaft sowie Kunstgeschichte. Heute arbeitet sie als freie Journalistin und Autorin. Im Ravensburger Buchverlag veröffentlichte sie u. a. das »Kunstbuch«, das »Umweltbuch für Kinder«, das »Dritte-Welt-Buch« (beide zusammen mit Hans-Otto Wiebus) und das »Tierschutz Buch«.

Von Barbara Veit sind in den Ravensburger Taschenbüchern außerdem erschienen:

RTB 2074
Tödliche Ladung

RTB 3038
Das Tierschutz Buch

Gefährliches Strandgut

Eine Kriminalgeschichte

RAVENSBURGER BUCHVERLAG

TATORT: UMWELT

Originalausgabe
als Ravensburger Taschenbuch
Band 2070,
erschienen 1997
Erstmals in den Ravensburger
Taschenbüchern erschienen 1990
(als RTB 1761)

Umschlagillustration: Michael Keller

RTB-Reihenkonzeption:
Heinrich Paravicini, Jens Schmidt

**Gesamtherstellung: Ebner Ulm
Printed in Germany**

**Die Schreibweise entspricht den Regeln
der neuen Rechtschreibung.**

6 5 4 3 2 1 02 01 00 99 98 97

ISBN 3-473-52070-5

DETEKTIV

Die Reihe »Tatort Umwelt« von Barbara Veit handelt von modernen Verbrechen aus dem Bereich der Umweltkriminalität.
Der in diesem Buch dargestellte Fall verwendet verschiedene Ereignisse, die sich in ähnlicher Form tatsächlich in europäischen Kernkraftwerken und Wiederaufbereitungsanlagen zugetragen haben.
Die meisten der mit Namen erwähnten Kernkraftwerke und Wiederaufbereitungsanlagen gibt es wirklich. Dagegen ist die Wiederaufbereitungsanlage in De Panne, die im Mittelpunkt dieses Buches steht, eine Erfindung, so wie es auch alle geschilderten Personen sind. Ähnlichkeiten mit lebenden Personen sind zufällig und von der Autorin nicht beabsichtigt.
Auch ein Umweltdezernat in der hier beschriebenen Form gibt es – leider – bisher nicht. Es existiert lediglich eine Umweltabteilung bei der Polizei, die aber mit weitaus geringeren Befugnissen ausgestattet ist.

Die Tonne rollte träge in der leichten Dünung. Als ein Wellenberg über sie hinwegglitt, tauchte sie unter. Helle Wolken hingen tief über der endlosen Wasserlandschaft, die sich hob und senkte und ziellos umherschwappte. Hin und wieder ließen ein paar Sonnenstrahlen den einen oder anderen Wellenhügel dunkelgrün aufleuchten.
Jetzt kam die Tonne mit einem dumpfen Glucksen an die Wasseroberfläche zurück. Nur ihr oberer Rand war sichtbar. Er war schwarz, ein winziges Stück Schwarz in der endlos wirkenden Nordsee.
Die Tonne nahm, getrieben von der Flut, Kurs auf die Küste. Einmal ließ sich eine Möwe für eine kurze Rast auf ihr nieder. Gegen Abend erreichte die Tonne die große Schiff-Fahrtsstraße vor den Ostfriesischen Inseln. Ein riesiger, schon etwas rostiger Frachter, der nach Hamburg unterwegs war, hätte sie beinahe gerammt. Keiner an Bord bemerkte allerdings diesen Beinahe-Zusammenstoß. Es schwamm viel herum im Meer.
Zwischen Borkum und Juist strandete die Tonne für eine Weile auf einer Sandbank, die gewöhnlich von Seehunden als Ruheplatz benutzt wurde. Doch die Flut war an diesem Tag höher als an anderen Tagen, und so wurde die Tonne schließlich in die Fahrrinne geschwemmt, die das offene Meer mit dem Watt verband.
Kurz vor Einbruch der Dunkelheit sichtete der Skipper eines Ausflugsbootes das schwarze Fass, und er erzählte den Feriengästen eine lange, unterhaltsame Geschichte über die Strandräuber, die früher auf den Inseln gelebt hatten.

Nach dieser Begegnung verschwand die Tonne in der Dunkelheit. Gegen Morgen war das Wasser wieder abgelaufen, und als die Sonne aufging, lag die Tonne weithin sichtbar auf dem glatten, schwarz glänzenden Wattboden, der von silbernen Adern durchzogen war.

Philip Sternberg blieb vor dem schmalen weißen Haus am Hamburger Hafen stehen. Es war eines jener alten Geschäftshäuser, die den Zweiten Weltkrieg und die Bombenangriffe unbeschädigt überstanden hatten. Er lächelte und sog die Hafenluft tief in seine Lungen ein. Es roch nach tausenderlei Dingen: nach Schwefel, Rauch, Öl, Salzwasser, Abfällen. Es war eine Luft, die Geschichten erzählt.

Kommissar Sternberg legte den Kopf in den Nacken und blickte zum Giebel des Hauses hinauf. Seine Augen wanderten über die Fenstersimse und blieben schließlich am Schild über der Eingangstür hängen. **Greenpeace** stand dort in grünen Druckbuchstaben.

Die haben sich ganz schön verbessert, dachte er und stellte sich das alte Büro der Umweltorganisation vor: wenige Räume in einem Kontorhaus, die Enge, die Kisten und Postsäcke, die Fotokopiergeräte auf den Gängen. Dort hatte er vor sechs Jahren fast Tag und Nacht verbracht.

Er fröstelte, denn eine heftige kalte Sturmbö blähte seinen Mantel. Vom Hafen tönte das ihm vertraute Geräusch einer Dampframme.

Schnell legte er die Hand auf die Türklinke, doch er mühte sich vergeblich – die Tür war verschlossen. Suchend blickte er sich um. Ein zweiter Eingang führte in einen kleinen Geschäftsraum, in dem Poster und T-Shirts, Bücher und Aufkleber von Greenpeace verkauft wurden. Sternberg lächelte und betrat den kleinen Laden.

»Wie komme ich denn zur Geschäftsleitung?«, fragte er ein junges Mädchen, das gerade T-Shirts auspackte.

Sie blickte ihn forschend an.

»Na ja, nur wenn Sie einen Grund haben hinzugehen!«, erwiderte sie knapp.

»Den habe ich. Ich werde sogar erwartet.«

»Wie ist denn Ihr Name?«

»Sternberg. Philip Sternberg aus München.«

Sie kletterte über die Kisten mit T-Shirts und griff nach dem Telefonhörer.

Sternberg sah sich in dem Geschäftsraum um, während sie telefonierte. Er betrachtete die Bücher, Poster, T-Shirts und Aufkleber. Wieder lächelte er, ein wenig grimmig diesmal.

Hoffentlich sind sie noch wie damals, dachte er. Hoffentlich sind sie nicht geschäftsmäßig routiniert und bürokratisch.

Das junge Mädchen drehte sich um. »Sie können raufgehen«, sagte es und wies auf eine Tür, die zum Treppenhaus führte. Sternberg nickte und zögerte einen Augenblick, ehe er auf die Klinke drückte. Er dachte über sich selbst nach. Seit zwei Jahren war er Kommissar bei der deutschen Umweltzentrale, die in München eingerichtet worden war. Er selbst verhielt sich inzwischen sicher manchmal geschäftsmäßig, unfreundlich und bürokratisch. Vor allem bei Fällen, die aussichtslos und langweilig waren.

Entschlossen öffnete er die Tür zum Treppenhaus. Ein seltsamer Geruch umfing ihn – eine Mischung aus Knoblauch und Fisch. Er sah sich verwirrt um. Dann fiel ihm ein, dass direkt an der Ecke ein portugiesisches Restaurant untergebracht war. Die Küche schien genau neben dem Treppenhaus zu liegen.

Langsam stieg er die schmale Treppe hinauf in den ersten Stock. Entschlossen klopfte er an die große gläserne Tür, die zu einem weiträumigen Büro führte. Hinter einem riesigen Schreibtisch konnte er eine junge Frau sehen, die gerade telefonierte. Sie hatte ihn noch nicht bemerkt. Sternberg wollte die Tür mit Schwung öffnen, doch stattdessen stieß er heftig mit der Schulter gegen die Glasscheibe.

Die junge Frau blickte überrascht auf, lachte dann und drückte auf einen Knopf. Diesmal öffnete sich die Tür so plötzlich, dass Sternberg regelrecht in das Zimmer hineinfiel.

»Oh!«, sagte die junge Frau. »Das tut mir aber Leid!«

Sternberg lächelte verlegen und strich über seinen Schnurrbart. »Macht nichts«, erwiderte er. »Es ist schon das zweite Mal, dass ich mit euren Türen Schwierigkeiten habe.«

»Kann ich etwas für Sie tun?«, fragte die Frau und stand auf.

»Ich bin Philip Sternberg von der Umweltzentrale der Polizei. Ich glaube, man erwartet mich.«

Die Frau kicherte plötzlich.

Sternberg sah sie fragend an.

»Ist die Polizei immer so stürmisch?«, wollte sie wissen.

»Unser Dezernat immer!«, grinste Sternberg.

»Dann kann's ja gleich losgehen«, antwortete sie und wies auf eine weitere Glastür, hinter der eine Gruppe von Menschen um einen großen Tisch versammelt war.

Vorsichtig näherte sich Sternberg der Tür und blickte sich misstrauisch nach der Sekretärin um.

»Sie müssen einfach nur auf die Klinke drücken«, sagte sie mit gespieltem Ernst.

Sternberg betrat den Konferenzraum.

Die Frauen und Männer blickten kaum auf – sie befanden sich offensichtlich in einer heftigen Diskussion.

Sternberg räusperte sich und steckte die Hände tief in die Taschen seines hellen Regenmantels.

Eine Frau warf ihm einen prüfenden Blick zu, dann sprach sie weiter.

Er räusperte sich noch einmal.

»Is was?«, fragte ein junger Mann mit kreisrunder Brille, der einen dunkelblauen Seemannspullover trug.

»Ja«, erwiderte Sternberg ruhig, obwohl er leichten Ärger in sich aufsteigen spürte. »Es ist was. Ich bin Philip Sternberg von der nationalen Umweltzentrale, und ich glaube, ihr wollt etwas von mir, wenn ich mich nicht täusche.«

Schweigen senkte sich über die sieben Menschen, die bis dahin heftig diskutiert hatten.

Schließlich stand einer der Männer langsam auf. Er war rothaarig, trug einen verwegenen Bart und hatte eine seltsam zerfurchte Haut. Mit einer geschmeidigen Bewegung stieg er über eine am Boden sitzende Frau hinweg und blieb vor Sternberg stehen. Er verschränkte die Arme über seiner Brust. »Du bist also der sagenhafte Bulle, der hier einmal mitgemischt hat ...«

Sternberg schaute auf seine Schuhe und verschränkte ebenfalls die Arme. »Na ja«, sagte er zögernd. »Wenn du das so ausdrücken willst ...«

Die Frau, die vor ihm auf dem Boden saß, drehte sich um. Sie hatte dunkelbraune, kurze Locken und einen entschlossenen Gesichtsausdruck.

»Nun mach mal nicht so einen Aufstand, Piet«, sagte sie leise, aber bestimmt. »Herzlich willkommen bei Greenpeace. Wir sind froh, dass Sie so schnell gekommen sind, denn wir brauchen in diesem Fall wirklich Ihre Unterstützung.«

»Okay«, murmelte Piet und rubbelte seinen roten, offensichtlich sehr kratzigen Bart.

»Ich bin Anne«, stellte sich die junge Frau vor. »Wir hier sind Mitglieder des Vorstands und haben gerade darüber gestritten, ob es falsch oder richtig war, Sie anzurufen. Ich halte es für richtig, denn dieser Fall ist eine Nummer zu groß für uns. Wir wollten nur nicht irgendeine Polizei verständigen ...«, sie lächelte plötzlich ein bisschen verlegen, » ... und wir hatten Sie noch in unserer Kartei.«

Sternberg nickte.

»Es geht um etwas, das wir noch nicht richtig einordnen

können ... Aber jetzt setzen Sie sich doch erst mal. Wollen Sie einen Tee?«

»Ja, gern«, antwortete Sternberg und überlegte, ob er seinen Mantel ausziehen sollte. Schließlich behielt er ihn an und setzte sich auf einen leeren Klappstuhl. Einer der Männer stellte eine dampfende Tasse vor ihn hin.

Der Mann mit den kreisrunden Brillengläsern begann zu sprechen. Er war sehr dünn und groß und bewegte nervös seine schmalen Hände. »Ich bin Steven, Leiter der Wasserschutzgruppe. Es geht um eine Tonne, die wir im Wattenmeer aufgelesen haben. Wir waren unterwegs, um Wasser- und Bodenproben einzusammeln. Dabei lief uns die Tonne sozusagen über den Weg. Sie lag eines Morgens mitten im Watt. Wir dachten erst, es handle sich um eine ganz gewöhnliche Tonne, und haben sie eher aus Spaß angesehen. Sie war schwarz, und an einer Stelle konnte man undeutlich das Strahlenemblem erkennen, also das, was vor radioaktivem Inhalt warnt. Es war übermalt, aber noch zu sehen.«

Er machte eine Pause und rückte seine Brille zurecht.

»Wir haben die Tonne an Bord genommen, und dort ist sie immer noch. Sie steckt in einem strahlensicheren Behälter, denn die Untersuchung mit unserem Geigerzähler war deutlich genug. Es ist also etwas drin, und es strahlt. Außerdem ist es keine alte Tonne. Im Gegenteil – sie ist nagelneu: kein Bewuchs, keine Muscheln, keine Spur von Rost. Sie ist ganz blank und sauber.«

»Wir würden sie gern öffnen, aber das ist zu gefährlich«, fuhr die andere Frau im Zimmer fort. Sie war blass und hatte langes, dichtes, blondes Haar. »Wir haben keine Möglichkeit, strahlendes Material zu untersuchen. Deshalb brauchen wir Hilfe. Es kann die Spur zu einer ziemlich schlimmen Geschichte sein, denn die Versenkung von Atommüll ist schon seit Jahren verboten.«

Sternberg trank einen Schluck Tee und verbrannte sich dabei die Lippen. Er überlegte sorgfältig. Es stimmte, dass seit Jahren die Versenkung von radioaktiven Abfällen in den Weltmeeren verboten war. Das hieß aber noch lange nicht, dass sich auch alle Länder oder Unternehmen daran hielten. Es drohten zwar hohe Gefängnis- und Geldstrafen, doch in England waren schon mehrmals Verstöße gegen das Verbot aufgedeckt worden. Nur die Verantwortlichen hatte man noch nicht gefunden – oder nicht finden wollen.

»Könnte die Tonne leer sein?«, fragte Sternberg.

»Nein«, antwortete Piet, »sie ist ziemlich schwer. Wir brauchten den Kran, um sie an Bord zu holen. Allerdings ist sie leicht genug, um zu schwimmen.«

»Und warum habt ihr euch nicht an die zuständige Landespolizei oder die Wasserschutzpolizei gewandt?«, fragte Sternberg.

Piet schob die Ärmel seines Pullovers zurück und rieb sich die Handgelenke.

Anne warf einen belustigten Blick auf Piet, sah dann Sternberg an und sagte: »Wir haben in der letzten Zeit keine besonders guten Erfahrungen mit der Wasserschutzpolizei gemacht. Sie kümmert sich weniger denn je um Umweltgeschichten und behindert uns, wo sie nur kann. Es schien uns wenig sinnvoll, ausgerechnet die einzuschalten.«

Sternberg schlug die Beine übereinander und stützte das Kinn in seine rechte Hand. »Ihr wisst genau, dass es Zuständigkeitsgerangel geben wird. Auch wenn ich Vertreter der bundesweiten Umweltzentrale bin, werden die Ostfriesen sauer sein, denn schließlich wurde die Tonne innerhalb ihrer Landesgrenzen gefunden. Es gibt bisher keinen Hinweis auf eine überregionale Angelegenheit. Außerdem ...«, er machte eine kleine Pause, »... habt ihr Beweismaterial vom Fundort entfernt. Das ist eigentlich strafbar.«

Piet grinste, und sein Gesicht verzog sich auf bemerkenswerte Weise. Seine Augen wurden zu schrägen Schlitzen, die Lachfalten breiteten sich sternförmig über seine Backen aus, und der Bart öffnete sich und gab kräftige weiße Zähne frei.

Sternberg betrachtete Piet verblüfft.

»Das«, sagte Piet, »ist wohl mehr dein Problem – ich meine das Zuständigkeitsgerangel. Wir wollten nur jemanden finden, der in die Tonne guckt und sie nicht etwa verliert oder so etwas Unglückliches ...« Er lachte glucksend.

Sternberg starrte ihn noch immer an. Piet verwandelte sich beim Lachen in einen anderen Menschen, er glich einem Chinesen.

Plötzlich wurde Sternberg bewusst, dass Piet wieder ernst geworden war und nun seinerseits ihn anstarrte.

Sternberg erwiderte seinen Blick und zuckte die Achseln.

»Also nun zeigt mir mal auf der Karte, wo ihr die Tonne gefunden habt.«

Anne breitete eine Seekarte auf dem Boden aus und zeigte auf eine rot markierte Stelle. Sternberg brauchte eine Weile, um sich zwischen den Fahrrinnen, Tiefenangaben, Sandbänken und Inseln zurechtzufinden.

»Wir waren hier unterwegs«, erläuterte Piet und zeigte mit seinem Finger auf das Wattenmeer zwischen Juist und Borkum.

»Piet ist übrigens der Skipper auf der *Strandflieder*«, warf Anne ein.

»Wir wollten rüber nach Holland«, fuhr Piet fort. »Wir hatten vertrauliche Informationen bekommen, dass dort aus einem Tanker eine Menge Zeug abgelassen worden sein soll, das nicht ins Watt gehört. Und hier ...«, er legte seinen Finger auf die markierte Stelle, »genau hier lag die Tonne. Sie muss von der Flut angespült worden sein. Es ist unwahrscheinlich, dass jemand sie im Watt verloren hat oder sie dort versenken wollte. Wenn man da etwas verschwinden lassen will, dann muss man es im Schlick vergraben. Nein, ich glaube, sie kam aus der offenen See hier herein ...«

Er beschrieb mit seinem kräftigen Finger einen Bogen um die Inseln. »Die Frage ist nur, wo sie herkommt. Wir haben im Watt auch schon Sonnenschirme aus England gefunden!«

»Und ihr habt keine Informationen – rein zufällig –, woher diese Tonne stammen könnte?«, fragte Sternberg und sah Piet und Anne scharf an. »Aus alter Erfahrung weiß ich, dass kaum jemand so gute Informationen hat wie Greenpeace.«

Als Sternberg die teils verlegenen, teils empörten Gesichter der Greenpeacer sah, musste er lächeln. Es war wirklich fast alles so wie in alten Zeiten. Auch damals hatten sie mehrmals mit der Polizei zusammengearbeitet, um Verursacher von Umweltverschmutzungen dingfest zu machen. Aber nie waren Informanten preisgegeben worden.

»Na, dann bleibt uns ja wirklich nur eines: Wir müssen die Tonne öffnen. Aber das geht wiederum nur mit Hilfe des Hamburger Umweltdezernats und eines Kernforschungsinstituts.«

Die sieben Greenpeacer betrachteten ihn ruhig.

»Und?«, fragte Piet schließlich. »Was ist dein Vorschlag?«

»Wo liegt die *Strandflieder* im Augenblick?«, fragte Sternberg.

»Da unten!« Piet deutete mit dem Daumen in Richtung Fenster.

»Dann lass uns doch mal gemeinsam runtergehen. Ich muss aber vorher noch telefonieren.«

Carla Baran hatte einen Platz im Liegewagen nach Hamburg reservieren lassen, nachdem sie die tiefen Sorgenfalten von Dezernatsleiter Burger gesehen hatte. Mit ihm über Schlaf- oder Liegewagen oder sogar über ein Flugticket zu verhandeln, das überstieg ihre Kräfte. Es war sechs Uhr morgens, als sie endgültig nicht mehr schlafen konnte. Die Mappe mit den Unterlagen über Atomindustrien lag im Safe des Schaffners. Carla hatte das Gefühl zu ersticken, so heiß war es in dem engen Abteil. Der Mann auf der Liege links unten schnarchte durchdringend. Draußen war es noch dunkel, nur hin und wieder fiel ein zuckender Lichtschein ins Abteil, wenn der Zug an einem Bahnhof vorüberraste oder ein paar Straßenlaternen am Bahndamm standen.

Burger hatte sie nicht gern fahren lassen. »Diese Tonne ist ein Windei! Glauben Sie mir – Greenpeace hat in letzter Zeit nur Windeier in die Welt gesetzt. Wir sollten gar nicht drauf eingehen!«, hatte er gesagt.

Carla öffnete vorsichtig die Augen. Die Landschaft veränderte sich schnell. Immer mehr Häuser tauchten auf. Der Zug näherte sich Hamburg. Im ganzen Wagen wurde es jetzt lebendig. Die Menschen krochen aus ihren Schlafkojen, standen vor der Toilette und dem Waschraum Schlange oder tranken Kaffee.

Vor dem Fenster erschien ein Meer von Neonlampen, und der Zug wurde langsamer. Carla erkannte, dass die Lampen einen Rangierbahnhof beleuchteten.

Der Intercity fuhr über die Elbbrücken und durch die ersten Hafenanlagen. Carla stand auf: Da lag ein Schiff, hell erleuchtet und riesig wie ein Hochhaus.

Es regnete in Strömen, alles war blaugrau und sah wenig einladend aus. Eine Landschaft aus Beton und nassem Asphalt. Das Wasser lief in dicken Bächen an den Fensterscheiben herab. Der Himmel war eine graue Wand, die Straßen waren menschenleer.

Typisch Hamburg, dachte Carla. Jedes Mal, wenn ich hier ankomme, regnet es.
Sie ging zum Schaffner und bat ihn um ihren Aktenkoffer. Der kleine glatzköpfige Mann mit dem runden Gesicht fragte sie sehr höflich und mit einer entschuldigenden Verbeugung nach dem Schein, den er ihr für den Koffer ausgestellt hatte.
Carla kramte den Schein aus ihrer Handtasche. Er nahm ihn mit spitzen Fingern, drehte ihn um, nickte und setzte seine Brille auf. Dann öffnete er seinen Safe und reichte ihr mit einer Verbeugung den Koffer.
Carla zwängte sich an den anderen Fahrgästen vorbei und nahm das restliche Gepäck. Der Zug hielt mit einem Ruck, und sie stieß mit einer dicken Frau zusammen.
Als Carla endlich den Ausstieg erreicht hatte, war sie schweißgebadet. Der Bahnsteig hatte sich schon wieder geleert. Es schien sie niemand zu erwarten.
Sternberg hat verschlafen, dachte Carla. Sie sah sich noch einmal genau um. Außer ein paar Männern, die an einem Kiosk Kaffee tranken, war niemand zu sehen.
Sie dachte an das Telefongespräch, das sie gestern mit Sternberg geführt hatte. Unwillkürlich lächelte sie.
»Hallo Carla! Hier ist Sternberg. Vielleicht habe ich einen Fall für uns. Ich möchte dich bitten, eine Liste aller Betriebe in Norddeutschland, Holland, Belgien und Großbritannien zusammenzustellen, die mit radioaktivem Material arbeiten. Außerdem brauche ich eine Liste der Transportunternehmen, die mit der Beseitigung dieses Abfalls beschäftigt sind ...«

Sternberg hatte den Satz auf eine Weise beendet, als hätte er etwas Wichtiges nicht gesagt.

»Bist du noch da?«, hatte Carla gefragt.

»Ja, und es wäre schön, wenn du hier wärst.«

»Das ist aber ein bemerkenswerter Auftrag! Soll ich ihn an Polizeipräsident Burger weiterleiten?«

Noch immer war nichts von Sternberg zu sehen. Seufzend nahm sie ihr Gepäck auf und wandte sich unschlüssig einem der Aufgänge zu. Der Hamburger Hauptbahnhof hatte noch immer seine Jahrhundertwende-Atmosphäre: hoch und düster, mit eisernen Säulen und vielen Treppen. Carla stieg eine der Treppen hinauf und lehnte sich oben ans Geländer. Von hier aus konnte sie den ganzen Bahnhof überblicken. Alles war grau und traurig, nur die Leuchtreklamen der Buden und Geschäfte im oberen Geschoss der Halle brachten bunte Tupfer in diese kühle Umgebung.

Ein Mann lief eilig die Treppe auf der gegenüberliegenden Seite des Bahnhofs hinunter. Der Intercity war gerade abgefahren, und der Mann blieb stehen und sah die leeren Schienen entlang. Dann stellte er sich auf die Zehenspitzen und blickte suchend hierhin und dorthin. Er ging ein klein wenig nach vorn gebeugt, und sein offener Regenmantel wehte hinter ihm her, als er dann mit langen Schritten den Bahnsteig entlangtigerte. Carla lächelte und ließ ihn noch eine halbe Minute suchen.

Doch als sie gerade rufen und winken wollte, legte der Mann den Kopf in den Nacken und sah zu ihr hinauf. Seine dichten dunkelblonden Haare waren ein wenig zu lang, und er trug einen weichen Schnurrbart. Jetzt blieb er stehen, steckte beide Hände in die Hosentaschen und sah sie an.

Carla breitete die Arme aus, halb entschuldigend, halb triumphierend, weil er zu spät gekommen war.

Sternberg lachte und nahm zwei Treppen auf einmal.

»Hallo, da bist du ja endlich! Wie kommst du denn so schnell hier herauf?«, rief er.

»Nur um dir zu beweisen, dass du verschlafen hast. Du hast doch verschlafen, oder?«

Sternberg zupfte an seinem Schnurrbart. »Nein«, sagte er. »Ich habe nur eine U-Bahn versäumt.«

»Schade, ich würde dich zu gern mal bei einer Nachlässigkeit ertappen.«

»Das wird nicht so schwierig sein«, antwortete er und nahm ihr Gepäck.

Das Taxi hielt vor einem kleinen Hotel in der Nähe der Landungsbrücken. Es regnete in Strömen, und ein heftiger Sturm peitschte die Tropfen fast waagrecht durch die Luft.

Sternberg sprang aus dem Wagen und klappte seinen Regenschirm auf, um Carla trocken ins Hotel zu bringen. Doch als sie ihre Wagentür öffnete, erfasste eine Sturmbö den Schirm und stülpte ihn um. Sternberg versuchte ihn zurückzubiegen, aber der Wind war so stark, dass die dünnen Metallstangen abknickten und der Stoff riss.

»Verflucht!«, rief Sternberg und ließ erschrocken den

Schirm los. Der wirbelte und rollte ein Stück den Gehweg entlang und blieb dann im Rinnstein liegen.
Sternberg packte Carlas Koffer und rannte ins Hotel. Obwohl es nur ein paar Schritte waren, kamen sie tropfnass in der Halle an. Hinter dem altmodischen Tresen stand eine graublonde ältere Frau und blickte den beiden missbilligend entgegen, als sie polternd und prustend zur Drehtür hereinstürmten.
»Tja«, sagte sie nach einer Weile, »das ist eben das Hamburger Wetter.«
Sternberg und Carla nickten ernst, sahen sich dann an und lachten los. Sternberg bemerkte erst jetzt, dass auch sein Schnurrbart tropfte.
Während Carla ihr Zimmer bezog, bestellte Sternberg bei der ebenfalls blonden dicken Bedienung ein Frühstück. Dann tupfte er sich mit der Serviette seinen Bart trocken.
Zwei Minuten später war auch Carla da. Sie warf einen belustigten Blick durch den Raum und auf die weißen Spitzenvorhänge mit ihren üppigen Rüschen, stippte mit dem Finger die künstlichen Blumen in der Vase auf dem Frühstückstisch an und sagte: »Also, wann geht's los? Ich bin unheimlich gespannt, was wirklich in der Tonne ist!« Sie nahm eines der blassen Milchbrötchen aus dem Korb, brach es auseinander und bestrich es mit Butter.
»Mein Gott, bist du dynamisch«, antwortete Sternberg erschüttert.

»Hm«, murmelte Carla mit vollem Mund.
Das Mädchen stellte zwei Kannen auf den Tisch. »Guten Appetit!«, sagte es sehr laut.

Carla schluckte. »Danke!«
Sternberg lächelte. »Hast du dir die Unterlagen schon angesehen?«
»Zum Teil. Es gibt mehr Betriebe, die mit radioaktivem Material arbeiten, als ich dachte. Das reicht von Krankenhäusern über Atomkraftwerke bis zu Universitäten, Forschungsinstituten und Unternehmen für Lebensmittelbestrahlung – in allen Nordseeanrainerstaaten. Es ist erschreckend, wo überall Atommüll anfällt, und es stellt sich natürlich sofort die Frage, wo die ihr Zeug eigentlich lagern.«
Carla trank einen Schluck Kaffee und ließ ihren Blick durch den Raum wandern. Es war offensichtlich ein Hotel für mittlere Geschäftsleute, denn nahezu an allen Tischen saßen einzelne Herren mit ordentlichen Anzügen, Krawatte und einem Aktenköfferchen neben sich.
Sie wandte sich wieder Philip Sternberg zu und fuhr fort: »Ich halte es für absolut wahrscheinlich dass einige Unternehmen versuchen, ihren Abfall auf illegale Weise loszuwerden.«
Sternberg nickte und räusperte sich. »Die Frage in unserem Fall ist nur: Wo fangen wir an zu suchen? Angesichts der Größe und Tiefe der Nordsee, der Anzahl von Ländern und Betrieben könnten wir eigentlich einen Computer gebrauchen, der eine Wahrscheinlichkeitsberechnung aufstellt, ob wir überhaupt eine Chance haben, zu einem Ergebnis zu kommen.«
Carla stützte den Kopf in beide Hände und sah Sternberg düster an. »Wenn wir alles überprüfen müssen – falls wir

keine konkreten Hinweise finden –, dann brauchen wir ein internationales Sonderdezernat von ungefähr zweihundert Leuten. Es wird eine grausige Arbeit, und wir werden ständig Ärger mit den regionalen Behörden haben. Aber vielleicht ist das gut so, und wir bringen endlich mal wieder Wirbel in diesen lautlosen Umgang mit Radioaktivität, der sich überall eingeschlichen hat. Immerhin gibt es ja in letzter Zeit auch wieder Demonstrationen. Der Zeitpunkt ist also nicht ungünstig.«

Der Sturm hatte sich noch immer nicht gelegt, als Carla und Sternberg zur *Strandflieder* aufbrachen. Das Schiff lag am inneren Anleger der Landungsbrücken. Es war kein weiter Weg vom Hotel aus, aber der Sturm stemmte sich ihnen mit voller Wucht entgegen, ließ Zeitungspapier, Blätter und Plastikbecher mit rasender Geschwindigkeit am Boden und in der Luft umherwirbeln, erzeugte in der U-Bahn-Station Baumwall orgelartige Klänge und war eiskalt.

Sie rannten über den glänzenden Asphalt zur Überseebrücke, die sich wie ein großer blauer Wurm in die Elbe hineinschob. Seit Jahren hatten hier – abgesehen von ein paar Kriegsschiffen und wenigen Kreuzfahrtdampfern – keine großen Schiffe mehr angelegt. Die einst prächtige Brücke wirkte schmuddelig und vernachlässigt. Zum Glück war sie überdacht und hielt so den Regen und Sturm ab.

Die *Strandflieder* lag rechts von der Brücke an einem

langgezogenen Pier vertäut. Das braune Elbwasser trug gelbliche Schaumkronen und schien zu kochen. Das Greenpeace-Schiff schwankte beträchtlich hin und her.
Die *Strandflieder* war ein schönes Schiff. Sie hatte in Rotterdam einige Jahre als Feuerlöschboot gedient; jetzt war sie sauber weiß und blau gestrichen. Ein großer Regenbogen zierte ihre Längsseite.
Carla und Sternberg kletterten an Bord und hielten sich an der Reling fest. Der Boden war glitschig. Es war nicht einfach, die Schaukelbewegungen des Schiffes beim Gehen auszugleichen. Sie hangelten sich bis zum Kajüteneingang und öffneten die Tür.
Die Greenpeacer saßen um einen großen Tisch und tranken Tee. Es war gemütlich warm in der kleinen Schiffsmesse. Über dem Herd und der Spüle hingen große weiße Tassen an runden Haken und schaukelten im Takt mit dem Schiff hin und her.
Piet sah kurz auf und nickte ihnen zu. »Mojn«, sagte er.
»Morgen«, erwiderte Sternberg. »Das ist meine Kollegin Carla Baran. Auch von der Umweltzentrale. Sie wird mit mir zusammen die Untersuchung leiten.«
»Hallo«, sagte Carla, und alle nickten ihr zu, gemeinsam mit den weißen Kaffeetassen.
»Wir werden jetzt ablegen und an einen Anleger fahren, von dem aus die Tonne auf einen Spezialtransporter geladen wird. Es läuft hoffentlich alles so, wie wir es gestern besprochen haben«, sagte Piet sachlich. »Wir haben nur noch auf euch gewartet.«
Die Mitglieder der Schiffscrew erhoben sich und begaben

sich an ihre Arbeitsplätze. Ein junges Mädchen mit schwarz verschmiertem Gesicht drängte sich an Carla vorbei.

»Wer ist das?«, fragte sie Piet, der gerade neben ihr stand.

»Unser Lehrling. Petra will Maschinistin werden«, antwortete er und warf Carla einen seltsam prüfenden Blick zu. Dann lächelte er sein Chinesenlächeln und wies auf einen großen, schlanken Mann mit dunkelblauer Mütze, der auffällig blass war und einen schwarzen, sehr gepflegten Bart trug. »Und das ist Simon, unser Ingenieur. Ich bin hier der Skipper.«

Piet wurde rot und fuhr sich mit der Hand durch sein strubbeliges rotes Haar. »Jetzt muss ich aber los«, sagte er, und das »los« klang wie »lous«.

Piet stellte sich ans Steuer. Drei Männer machten die Leinen los. Der Schiffsmotor begann lauter zu tuckern. Die *Strandflieder* zitterte, drehte bei und begann die kleinen Wellen zu teilen, während sie Kurs auf die Hafenmauer nahm. An einem der offenen Anleger parkte ein großer Lieferwagen. Genauso selbstverständlich, wie sie abgelegt hatte, führte die Crew auch das Anlegemanöver durch. Trotz des Wellengangs berührte das Schiff kaum die Mauer.

»Profis!«, sagte Sternberg anerkennend zu Carla. »Ganz große Klasse.«

Die *Strandflieder* hatte einen eigenen Kran an Bord, den Petra nun in Betrieb setzte. Piet und ein anderer Mann, den er Kalle nannte, öffneten eine Luke an Backbord und rollten einen großen glänzenden Behälter heraus.

»Ist sie da drin?«, fragte Carla.
Der Skipper nickte, dann befestigte er Haken und Seile des Krans am Behälter. »Okay!«, rief er.
Petra bediente den Kran langsam und vorsichtig. Die Kiste wurde angehoben, schwebte kurz über dem Deck und schwenkte zum Anleger hinüber.
Piet und Kalle standen zusammen mit den übrigen Besatzungsmitgliedern bereit und nahmen die Tonne in dem Spezialbehälter in Empfang.
»Mehr nach links!«, rief Kalle.
Der Fahrer des Lastwagens öffnete die hinteren Türen, und gemeinsam hoben sie die Kiste auf die Ladefläche.
»Das wär's dann wohl«, sagte der Fahrer und kletterte hinter das Steuerrad. »Ich fahr schon mal los!«
»Wir kommen mit!«, rief Sternberg und kletterte rasch an der rutschigen Eisenleiter empor.
Der Fahrer, ein kleiner Mann mit blonden Haaren und fast farblos hellblauen Augen, zuckte die Schultern und wartete. Sternberg zog die Augenbrauen hoch und sah Piet fragend an.
»Gut, dass du mitfährst«, sagte Piet leise. »Wir sehen uns dann im Institut. Wir machen nur noch schnell die *Strandflieder* an ihrem Liegeplatz fest. Schließlich wollen wir alle sehen, was in der Tonne ist.« Er hob grüßend die Hand und kletterte an Bord zurück.
Carla und Sternberg stiegen in den Lieferwagen. Er gehörte einem technischen Institut der Universität Hamburg. Dort hatte man sich bereit erklärt, die Tonne zu öffnen.

Der Lieferwagen wendete. Über den Hafenkränen, die wie abgebrochene Fühler bizarrer Riesentiere in den Himmel ragten, flogen graue Wolkenfetzen dahin.

»Der Sturm könnte ja nun mal aufhören«, knurrte der Fahrer.

Weder Sternberg noch Carla antworteten.

»Was ist denn drin in dem Ding?«, fragte der Mann und wies mit seinem rechten Daumen nach hinten.

»Keine Ahnung«, erwiderte Sternberg.

»Aber ist doch in einem Spezialbehälter – muss also was Brisantes sein. Außerdem sind Sie doch bestimmt 'n Bulle.«

Jedes Mal, wenn Sternberg so direkt als »Bulle« identifiziert wurde, spürte er einen leichten Schmerz im Rücken.

»Klar«, antwortete er unbestimmt.

»Geheimhaltungsstufe eins, was?« Der Fahrer grinste.

Carla betrachtete ihn von der Seite. Er war schlecht rasiert; winzige Stoppeln wuchsen aus seinem Kinn und seinen Wangen.

»Sind Sie immer so neugierig?«, fragte sie.

»Ich will wissen, was ich in diesem verdammten Ding hier spazieren fahre. Ist ja schließlich nicht ganz ungefährlich.«

»Erfahren Sie denn immer, was Sie transportieren?« Sternberg lehnte sich zurück und verschränkte die Arme.

»Meistens schon ... Es sind fast immer Abfälle aus dem Institut oder neues Material.«

»Und wo bringen Sie die Abfälle hin?«, wollte Carla mit unauffälliger, Sternberg aber wohl bekannter Stimme wissen.

Der Fahrer gab Gas und warf Carla einen kurzen Blick zu. »Es gibt hier eine Sonderdeponie. Zwischenlager für radioaktive Abfälle.« Von da an hüllte er sich in Schweigen.

Nach einer Fahrt von zwanzig Minuten bog der Lieferwagen in die Einfahrt des Instituts für medizinische Kernforschung ein.
Der Fahrer winkte dem Pförtner zu, der drückte daraufhin auf einen Knopf. Ein metallisch glänzendes Rollo schob sich hoch und gab eine Garageneinfahrt frei. Der Lieferwagen rollte langsam hinein und hielt mit einem kleinen Ruck an.
»Da wären wir«, sagte der Fahrer mürrisch und sprang aus dem Auto.
Carla und Sternberg stiegen ebenfalls aus. Sie fanden sich in einer Art Tiefgarage wieder, die nahezu leer war. Links von ihnen befand sich eine Verladerampe, die auf ein Förderband mündete. Der Fahrer ging zu einem Telefon, das an der Wand befestigt war, und sprach kurz in den Hörer.
»Okay«, sagte er dann und stieg wieder in den Wagen. Er wendete und fuhr rückwärts dicht an die Laderampe heran.
Kurz darauf erschienen zwei Männer und eine Frau in weißen Kitteln.
»Guten Tag. Sie sind vermutlich Herr Sternberg. Mein Name ist Bensdorf!«
Professor Bensdorf war ein älterer Mann mit Glatze und

sehr dunklen, intensiven Augen in einem hageren Schädel. Er wandte sich mit einem fragenden Blick Carla zu.

»Frau Baran von der Umweltzentrale«, stellte Sternberg vor.

»Mein Assistent, Dr. Steffen, und Frau Dr. Kramer. Die beiden werden Ihnen beim Öffnen der Tonne behilflich sein«, sagte der Professor und schüttelte Carla die Hand.

»Wir freuen uns, dass wir etwas für die Umweltzentrale tun können!« Er lachte etwas unecht, und sie drückten sich alle gegenseitig die Hände.

Der Fahrer wirkte derweil völlig unbeteiligt und warf ihnen nur hin und wieder einen Blick zu. Er öffnete die Sicherheitsverschlüsse des Laderaums und löste die Halterungen der Tonne.

Sternberg und Dr. Steffen halfen ihm, den schweren Behälter auf das Förderband zu schieben.

»Eine Tonne ist also drin ...«, murmelte der Fahrer.

»Haben die Greenpeace-Leute wohl irgendwo aufgefischt. Was da so alles rumschwimmt bei uns ...« Er schüttelte den Kopf.

Sternberg fand den Fahrer ausgesprochen unsympathisch. Er überlegte, ob es möglich war, dass der Mann hier herumspionierte, und nahm sich vor, den Professor zu fragen, wie lange er schon beim Institut beschäftigt war.

Der Behälter lag auf dem Förderband, das sich nach einem Knopfdruck von Dr. Steffen mit einem singenden Geräusch in Bewegung setzte und die Tonne in einem dunklen Loch verschwinden ließ.

»Der Behälter wird von hier aus direkt in den Raum befördert, in dem wir die Tonne öffnen können«, erklärte Dr. Steffen. Er war groß und sehr schmal, sozusagen ein Gerippe von einem Mann. Seine Backenknochen standen leicht vor, und er wirkte nervös.

»Wenn Sie uns nun bitte folgen würden.« Dr. Steffen wandte sich zu einer der eisernen Doppeltüren.

Sternberg drehte sich in der Tür kurz um. Der Fahrer lehnte an seinem Wagen und sah ihnen mit unfreundlichem Gesichtsausdruck nach. Sternberg nickte ihm zu.

»Vielleicht bilde ich mir das nur ein, aber irgendwas stimmt doch mit dem nicht«, sagte Sternberg leise zu Carla.

Sie schüttelte leicht den Kopf und antwortete: »Ich glaube, der will sich nur wichtig machen.«

Sie gingen einen jener endlosen Gänge entlang, die überall gleich aussehen – in Krankenhäusern, Ämtern, Schulen und Instituten. Dieser hatte nur eine besondere Note: Die Wände waren bis zur halben Höhe weiß gekachelt. Die kleine Menschengruppe spiegelte sich verzerrt in den Kacheln wider, wurde zerteilt wie die Figuren in einem Puzzle. Es roch eigentlich nach nichts, nicht einmal nach Putzmitteln.

Nach einer ganzen Weile gelangten sie in eine Halle, von der aus sternförmig viele ähnliche Gänge abzweigten. Mitten in dieser Halle standen Piet, Anne und noch zwei Greenpeacer ziemlich verloren neben einem dünnen Gummibaum und vier schwarzen Plastiksesseln.

Bensdorf begrüßte auch die Greenpeacer, und dann waren

sie schon fast eine Menschenmenge, als sie einen zweiten endlosen Gang durchschritten.

»Hoffentlich ist die Tonne auch angekommen und nicht einfach in dem schwarzen Loch verschwunden«, flüsterte Sternberg.

Piet hatte es gehört und nickte ernst. »Das ist immer so in hochtechnisierten Lebensumständen: Man geht auf Zehenspitzen und weiß bald nicht mehr, was Sache ist. Jedenfalls als halbwegs normaler Mensch.«

Dr. Steffen öffnete eine Tür, an der mit großen Buchstaben **DANGER** stand. Außerdem war ein großes Strahlenzeichen zu sehen.

Sie traten in einen vollständig gekachelten, hellen Raum, in dessen Mitte ein riesiger Glaskasten stand. Und dort drinnen lag bereits die Tonne, angestrahlt von mehreren Scheinwerfern und eigentlich ganz harmlos anzusehen.

Sternberg kam der Gedanke, dass Burger mit seiner Befürchtung, es könne sich um ein Windei handeln, vielleicht gar nicht so Unrecht hatte.

Eine Art Roboter mit großen Greifarmen gehörte ebenfalls zur Ausstattung des Glaskastens. Krakenartig und bedrohlich wirkten seine Metallarme mit den Hakenhänden.

»Na, dann wollen wir mal«, sagte Professor Bensdorf und schloss sorgfältig die Tür. Es war eine besonders dicke Sicherheitstür, die beinahe lautlos ins Schloss fiel.

Carla erinnerte sich an Szenen aus James-Bond-Filmen, wo die Agenten von verrückten Wissenschaftlern in lebensgefährlichen Laborräumen eingesperrt werden, und

sie schüttelte sich leicht. Obwohl sie gezwungen war, viel mit moderner Technik umzugehen, hatte sie noch immer kein unbefangenes Verhältnis dazu entwickelt.
Der Professor klopfte seinem Assistenten aufmunternd auf den Rücken, und Dr. Steffen erklärte ihnen, dass er nun mit Hilfe eines Lasers die Tonne öffnen werde. Er machte sich gleich daran an einer Schalttafel zu schaffen, betätigte verschiedene Hebel und Knöpfe. Im Zeitlupentempo schwenkten die Greifarme zur Tonne, verharrten kurz über ihr, senkten sich dann herab und ergriffen die Tonne.
Steffen richtete jetzt einen Laserstrahl auf den Deckel. Er arbeitete schweigend, und auch von den anderen war kein Laut zu hören.
Sternbergs Blick wanderte zu seinen Begleitern. Piet starrte grimmig auf das verblüffende Schauspiel. Anne hielt die Augen halb zugekniffen, und Carla beugte sich voller Spannung nach vorn.
Ein leiser, singender Ton ging von dem Roboter aus, sonst war es vollkommen still im Raum. Mit einer fast anmutigen Drehbewegung hob der Roboter den Deckel von der Tonne.
Sternberg spürte, dass seine Kehle trocken wurde. Neugier packte ihn.
Piet holte tief Luft und kratzte sehr hörbar in seinem Haar.
»Na, nu macht schon!«, seufzte er.
»Geht leider nicht schneller«, erklärte Dr. Steffen sachlich.
»Wir müssen die Tonne jetzt in eine Schräglage bringen und ihren Inhalt vorsichtig ausleeren.«

Millimeterweise wurde die Tonne angehoben; allen kam es vor, als dauere der Vorgang Stunden.
In der Tonne begann etwas zögernd zu rutschen. Ein dicker Wulst von Stoff quoll hervor, ein Gewirr aus Verbänden, Handschuhen und Kleidungsstücken.
»Das Übliche ...«, kommentierte Piet gepresst. »So was war auch damals in den Tonnen, die von den Schiffen ins Meer geworfen wurden. Hin und wieder ist eine aufgegangen, dann schwamm der ganze Mist auf dem Wasser rum – tote Hunde und Katzen waren auch dabei.«
Plötzlich hielt er inne und starrte ungläubig auf die Tonne.
Sternberg folgte seinem Blick.
Ganz allmählich konnte man erkennen, was der Stoff bisher verborgen hatte: Zuerst wirkte es wie Teile einer zusammengelegten Schaufensterpuppe – ein Bein, ein steifer Arm. Und dann ging nichts mehr. Das Ding steckte fest.
»Sehen Sie!«, rief Dr. Steffen. »Da klemmt was! Das ist doch ...«
»Ja«, sagte Carla leise. »Das ist eine schöne Überraschung ... Die haben offensichtlich ihre Versuchsobjekte gleich mit versenkt.«
Dr. Steffen hob mit Hilfe der Greifarme die Tonne wieder in die Höhe und schüttelte sie geradezu. Mit einer gespenstischen Drehung löste sich die Leiche plötzlich aus ihrem runden Sarg und fiel auf den gekachelten Boden des Glaskäfigs.
Es war der Körper eines Mannes, der nun still und mit angewinkelten Gliedern auf dem Boden lag. Sie konnten

sein Gesicht sehen, denn er war auf die Seite gerutscht. Der Mann war ziemlich jung, höchstens fünfundzwanzig. Er wirkte wie ein Schlafender; kein Anzeichen von Zerfall war an ihm zu erkennen – nur seine Gesichtsfarbe war ungewöhnlich: von einem leuchtenden Gelbweiß.

Fast überirdisch schön ist der, dachte Carla.

Piet stieß den Atem aus, den er einige Zeit angehalten hatte. »Mann!«, sagte er. »Das ist ja fürchterlich!«

»Mein Gott«, stammelte auch Professor Bensdorf. »Ich werde sofort die Polizei anrufen!«

»Ist schon da«, antwortete Sternberg ruhig. »Wir müssen in diesem Fall allerdings auch die Kripo hinzuziehen.« Er warf noch einen Blick auf den Toten. Wie ein seltsamer Engel lag er zwischen den Stoffbergen.

»Wo kann ich telefonieren?«, fragte er.

»Kommen Sie«, antwortete der Professor und führte Sternberg in sein Arbeitszimmer. Sternberg setzte sich in einen großen Sessel und zog sein Notizbuch aus der Manteltasche.

Langsam wählte er die Nummer der Hamburger Kriminalpolizei.

Die Kollegen von der Kripo kamen schnell. Ratlos standen sie um den Glaskasten herum.

Trotz ihrer Erschütterung konnte Carla kaum ein Kichern unterdrücken, als sich ihre Blicke mit denen Sternbergs trafen. Was sollten die Kripobeamten mit einer strahlenden Leiche anfangen? So etwas hatte es in Hamburg noch nie gegeben. Der Polizeifotograf bemühte sich, trotz der spiegelnden Glasscheiben gute Fotos von dem Toten zu machen, und bat Dr. Steffen mehrmals, die Leiche anders zu platzieren, was dieser widerwillig mit Hilfe der Greifarme besorgte.

Hauptkommissar Brinkmann sah besorgt aus. Seinen Ärger über die schwierige Situation ließ er zunächst an den Greenpeacern aus. »Warum haben Sie nicht die zuständige Polizei benachrichtigt, nachdem Sie die Tonne gefunden hatten?«, fragte er unfreundlich und biss auf dem Mundstück seiner Pfeife herum.

»Wir wollten nicht, dass die Tonne einfach verschwindet«, antwortete Piet ruhig.

»Wie meinen Sie das?«

»Ich meine es, wie ich es sage. Komplizierte Fälle werden seit einiger Zeit häufig unter den Teppich gekehrt.«

»Wollen Sie damit sagen, dass die Polizei nicht zuverlässig arbeitet?«

Die Stimme des Kommissars wurde lauter und höher.

»Ich will damit sagen, dass ein Fass mit Atommüll politisch eine schwierige Angelegenheit ist. Und gerade jetzt, wo man die Nordsee ein bisschen zu säubern beginnt und die Leute wieder Hoffnung haben, passt so ein Fass überhaupt nicht in die Landschaft!«

Kommissar Brinkmann hatte leichte Hängebacken und ein Doppelkinn. Er wirkte teigig – dieser Eindruck verstärkte sich noch durch seine rötlichblonden Haare und das Hellblau seiner Augen. Eine altmodische Brille mit Hornfassung saß auf seiner Nase. Mit steif ausgestrecktem Zeigefinger schob er die Brille immer wieder auf ihren Platz zurück.

»Hat wenigstens einer von Ihnen eine Vorstellung, um wen es sich bei dieser Leiche handeln könnte?« Der Kommissar schaute alle der Reihe nach an. »Kollege Sternberg?«, fragte er dann mit spöttischem Unterton. »Wenn Sie sich schon von München herbemühen, dann können Sie uns vielleicht einen Tipp geben.«

Sternberg musterte seinen Kollegen interessiert. Er konnte sich vorstellen, wie ungehalten Brinkmann darüber war, dass die Greenpeacer die Tonne ausgerechnet in den Hamburger Hafen geschleppt und außerdem noch die Bundesumweltzentrale eingeschaltet hatten.

»Ich kann Ihnen nur Vermutungen mitteilen, das wissen Sie genau. Schließlich bin ich kein Hellseher. Außerdem ist im Moment der wichtigste Punkt, dass wir die Todesursache herausfinden.«

»Ha, und wie?«, fragte Brinkmann mit einem komischen Quietschen in der Stimme. »Soll ich den Polizeiarzt vielleicht in dieses seltsame Ding da klettern lassen und in Kauf nehmen, dass er sich verseucht?«

»Dafür gibt es Schutzanzüge«, bemerkte Professor Bensdorf leise.

»Sie werden mir doch nicht ernsthaft erzählen wollen«, erwiderte Sternberg, »dass dieser Fall die Hamburger Polizei total überfordert, Kommissar Brinkmann.« Sternberg hatte beide Hände tief in den Taschen seines Regenmantels versenkt, wie es seine Art war in schwierigen Situationen. Er sah grimmig aus. Genau das hatte er befürchtet, als er die Kripo rief: Der Fall würde ihnen lästig sein, sie würden beleidigt sein, weil noch ein anderes Dezernat dazwischengeschaltet worden war.

Brinkmanns blasses Gesicht war inzwischen zartrosa angelaufen. »Was glauben Sie wohl, was hier in Hamburg alles los ist! Das ist eine Viermillionenstadt. Wir haben genügend eigene Morde, da brauchen wir nicht noch Leichen, die in Tonnen aus der Nordsee auftauchen ...«

Sternberg vermied es krampfhaft, Carla anzusehen, denn er war kurz davor, die Selbstbeherrschung zu verlieren und laut loszulachen.

Er machte einen Schritt auf seinen Kollegen zu. Obwohl ihm Brinkmann unsympathisch war, legte er ihm beruhigend die Hand auf die Schulter. »Das ist ein hochbrisanter Fall«, sagte er. »Verletzung des Verbots zur Versenkung radioaktiver Abfälle in der Nordsee, außerdem Mord oder Vertuschung eines Unfalls. Interessiert Sie das nicht? Das ist doch etwas anderes als die üblichen Fälle.«

Brinkmanns Gesicht nahm einen fast angewiderten Ausdruck an. »Mein Bedarf an hochbrisanten Fällen ist gedeckt!«, sagte er bissig. »Die bringen nur Ärger!«

Die Greenpeacer standen ein bisschen verlegen herum.

»Brauchen Sie uns noch?«, fragte Anne schließlich.

»Sie kommen mit aufs Präsidium und machen dort Ihre Aussagen!«, schnauzte Kommissar Brinkmann.

Carla betrachtete ihn voll Widerwillen. »Entschuldigen Sie bitte den Ton des Kommissars«, sagte sie dann zu den Greenpeacern gewandt. »Ich danke Ihnen jedenfalls für

Ihre Aufmerksamkeit und Hilfe, aber auch für Ihr Vertrauen.«
Piet scharrte ein wenig mit den Füßen und grinste Carla an. »Ach lassen Sie nur. Wir sind so eine Behandlung gewöhnt, haben ja schon öfter mit Offiziellen zu tun gehabt.«
Carla warf Brinkmann einen kurzen Blick zu. Der Kommissar war inzwischen dunkelrot angelaufen. Bevor er sich jedoch zu einer Erwiderung aufraffen konnte, stürmte der Polizeiarzt in den Raum. Sein Gesicht trug Narben, sein Haar war weiß, obwohl er höchstens Mitte Dreißig war.
Wenn er jetzt fragt, wo die Leiche ist, bekomme ich wirklich einen Lachkrampf, dachte Carla.
Aber der junge Arzt hatte die Situation sofort im Griff. »Aha!«, sagte er und trat nahe an die Glasscheibe heran. »Übrigens, guten Tag, mein Name ist Sievers.« Er nickte abwesend vor sich hin, während er die Leiche eingehend betrachtete. »Tja, da wird ja einiges an Sicherheitsmaßnahmen bei der Obduktion notwendig sein«, bemerkte er mit heller, wohlklingender Stimme.
Sternberg sah Kommissar Brinkmann voller Schadenfreude an. Der Arzt war offensichtlich keineswegs ärgerlich oder überfordert, wie der Kollege vermutet hatte.
Dr. Sievers musterte die Umstehenden und ging dann zielstrebig auf den Professor zu. »Gibt es hier Schutzanzüge?«, fragte er.
Professor Bensdorf wirkte noch immer bekümmert. »Selbstverständlich! Dr. Steffen und Frau Dr. Kramer

werden Ihnen behilflich sein. Ich muss jetzt leider gehen, ein Seminar ... Sie verstehen ...« Er verbeugte sich leicht und ging zur Tür.

Sternberg folgte ihm auf den Flur. »Professor Bensdorf, ich wollte Sie noch was fragen ...«

»Ja?«, antwortete der Professor.

»Arbeitet der Fahrer, der die Tonne vorhin am Hafen abgeholt hat, schon lange für Ihr Institut?«

Bensdorf blieb stehen und berührte seine Stirn mit den Fingerspitzen. »Der Fahrer?«, fragte er verwirrt. »Ach, Sie meinen den Fahrer. Ich glaube, er ist schon ein paar Monate bei uns. Aber da müssen Sie im Personalbüro nachfragen. Ich kann mich um solche Dinge nicht kümmern.«

Philip Sternberg saß im Foyer des kleinen Hotels am Hafen, tief in einen Plüschsessel versunken. Er fröstelte, denn die Heizung lief offensichtlich auf Sparflamme. Zwei Polizisten hatten vor ein paar Minuten den Obduktionsbericht für die Leiche aus der Tonne vorbeigebracht.

Sternberg öffnete das Kuvert und blickte sich kurz um. Außer der dicken blonden Frau war niemand zu sehen. Sternberg faltete den Bericht auseinander.

»Todeszeit durch die starke Verstrahlung nicht mit Sicherheit zu bestimmen. Möglicherweise ist der Mann schon seit zwei Wochen tot. Todesursache: Wahrscheinliche Einwirkung von stumpfem Gegenstand auf den Hinterkopf. Außerdem Plutoniumvergiftung, die aber nicht zum Tode geführt hat. Alter: zwanzig bis dreißig Jahre. Möglicherweise Südländer: Türke, Spanier o. ä.«

Den Rest überflog Sternberg nur, denn dass der Mann Raucher war, am Todestag Spaghetti gegessen und zwei Goldzähne sowie einen nervösen Reizmagen hatte, war für diesen Fall nur sehr am Rande interessant.

Eines registrierte er allerdings noch aufmerksam: Der Mann hatte offensichtlich einen Ring, vielleicht sogar einen Ehering getragen, denn um den rechten Ringfinger fand sich ein weißer Streifen Haut an der sonnengebräunten Hand. Der Ring war abgezogen worden. Ansonsten hatte man in der Tonne nur Gegenstände gefunden, die nicht identifizierbar waren.

Sternberg nahm sich vor, selbst in einen Schutzanzug zu steigen und die Fundstücke sorgfältig zu untersuchen. Schließlich benutzte man zum Beispiel nicht überall in Europa genau identische Arbeitshandschuhe.

Prüfend sog er die Luft ein und sah dann irritiert auf. Vor seinem Sessel stand Carla Baran. Es war ihr Parfüm, das ihn von dem Obduktionsbericht abgelenkt hatte. »Ach, du bist es«, sagte er und musterte seine Kollegin nachdenklich.

»Was steht in dem Bericht?«, fragte Carla.

»Nichts, was uns direkt helfen könnte. Eigentlich nur Dinge, die wir auch ohne Obduktion ahnen konnten. Der Mann ist offensichtlich das bedauernswerte Opfer eines Unfalls in einer atomaren Anlage. Und er musste verschwinden, um Ärger zu vermeiden. Wahrscheinlich haben die gedacht, dass sie sich jetzt keinen verseuchten Arbeiter leisten können, und haben ihn sogar umgebracht, um den Unfall zu vertuschen. Zur Zeit hat ja die müde Anti-Atom-Bewegung wieder ein paar Demonstrationen gestartet. Es fragt sich jetzt eigentlich nur noch, welche Atomfabrik es war, und das ist so ungefähr wie die berühmte ...«

»... Suche nach der Stecknadel im Heuhaufen«, setzte Carla seinen Satz fort und lachte.

Sternberg lächelte. »Also, los dann. Lass uns zu dem portugiesischen Lokal gehen, wo wir mit den Leuten von Greenpeace verabredet sind.«

Der Sturm hatte kaum nachgelassen, als sie auf die Straße traten. Seine kräftigen Böen ließen ein Klappern, Quietschen und Flattern über den Hafenanlagen erklingen. Carla und Sternberg gingen zur Hafenpromenade hinunter und lehnten sich ans Geländer. Lautlos wuchs ein riesiger Schiffskoloss aus der Dunkelheit und glitt an ihnen vorüber wie ein Geisterschiff.

Langsam schlenderten die beiden Kommissare auf die Überseebrücke zu, überquerten die Straße und betraten das kleine Restaurant.

Anne und Piet warteten bereits auf sie. Kurz darauf trafen noch zwei andere Mitglieder der Greenpeace-Führung ein. Piet hatte einen Tisch reservieren lassen, der etwas abseits von den anderen in einer Ecke stand.

Sternberg betrachtete nachdenklich den großen roten

Plastikhummer, der in einem Netz über ihren Köpfen hing. »Nun, wie war es bei der Kripo?«, fragte er Piet.
Der zuckte mit den Achseln und setzte sein Chinesenlächeln auf. »Na ja, wie es dort eben so ist«, antwortete er. »Sie haben uns Löcher in den Bauch gefragt, und wir konnten nur wenige Antworten geben, weil wir eben nur eine Tonne im Watt gefunden haben. Und dann ... Ja, dann haben sie uns noch eine Warnung erteilt, auf gar keinen Fall eigene Nachforschungen anzustellen, denn das sei nicht rechtmäßig und verboten. Mehr war eigentlich nicht.«
»Aber das hat gereicht!«, warf Anne ein. »Sie hatten uns nämlich bis vor einer Stunde in der Mangel. Erst als ich damit drohte, den Greenpeace-Anwalt anzurufen, haben sie das Verhör abgebrochen.«
»Tut mir Leid für euch«, sagte Carla, »aber wer konnte schon ahnen, dass in der Tonne eine Leiche liegt? Die Frage ist jetzt allerdings: Wie finden wir heraus, wer sie da hineingesteckt hat? Ich habe eine Liste sämtlicher Betriebe, die mit Nukleartechnik arbeiten. Wir könnten die Liste gemeinsam ansehen, denn ihr habt ja inzwischen eine Menge Erfahrungen gesammelt. Vielleicht kommen wir so dem Täter auf die Spur.«
Piet trank Tee mit Rum und machte ein skeptisches Gesicht, das seinen Bart noch struppiger aussehen ließ. »Wir sollten vielleicht noch eine Wahrsagerin hinzuziehen oder jemanden, der sich aufs Kartenlegen versteht ...«
Carla wurde ein wenig rot, weil er sie ganz offen und spöttisch ansah. Trotzdem überprüften sie gemeinsam die

Liste, von der Carla gesprochen hatte. Es dauerte lange, und sie tranken viel Bier. Schließlich hatten sie es geschafft – es war inzwischen elf geworden –, und dicke rote Punkte markierten diejenigen Betriebe, die schon in den vergangenen Jahren aufgefallen waren oder unzuverlässig erschienen.

»Da sind ja ein paar ganz schlimme Läden dabei«, sagte Anne in einem Ton, als spreche sie das Wort zum Sonntag.

Alle sahen irritiert von der Liste auf.

»Ja, seht nur! In einigen Betrieben hat es immer wieder Unfälle gegeben, bei denen Radioaktivität freigesetzt wurde, und viele haben die Sicherheitsbestimmungen sogar vorsätzlich verletzt. Bloß, ob das ausreicht, konkrete Verdächtigungen auszusprechen?«

Sternberg schüttelte den Kopf. »Natürlich reicht das nicht, aber wir können zumindest einen Kreis um mögliche Verdächtige ziehen. Dann werden wir die zuständige Polizei benachrichtigen und sie ermitteln lassen. Das bringt wenigstens eine gewisse Beunruhigung. Allerdings brauchen wir etwas, um die Sache noch beunruhigender zu machen ...«

Er drehte nachdenklich einen Bierdeckel in seinen Händen.

»Na ja«, meinte Piet nach einer Weile. »Wir bräuchten im Grunde so etwas wie einen Lockvogel. Etwas, was den Tätern bedrohlich vorkommt und sie zwingt, aktiv zu werden.«

Der junge Mann mit den kreisrunden Brillengläsern – es

war Steven, und er war einer der wichtigsten Campaigner von Greenpeace* – räusperte sich. Er hatte einen leicht arroganten Zug um den Mund und wirkte sehr bedeutend, obwohl er an diesem Abend kaum zwei Sätze von sich gegeben hatte.

»Wir müssen sehr genau überlegen«, sagte er ruhig und mit kühler, norddeutscher Stimme. »Bei der Atommafia handelt es sich nicht um Amateure. Denen ins Handwerk zu pfuschen ist eine riskante Angelegenheit. Ob privat oder staatlich organisiert, die wissen sich zu wehren. Wir haben das damals bei unseren Protesten gegen die Atomversuche der Franzosen auf dem Mururoa-Atoll zu spüren bekommen. Das ist zwar heute fast vergessen, aber immerhin haben sie damals unser wichtigstes Schiff versenkt, die **Rainbow Warrior** ..., und zwar mit Hilfe des Geheimdienstes. Die haben einfach zwei Agenten beauftragt, das Schiff zu sprengen. Das wurde auch prompt ausgeführt. Einer von unseren Leuten kam dabei ums Leben. Ich war damals noch nicht bei Greenpeace, aber wir sollten das bedenken, wenn wir uns auf die Sache einlassen.«

Sternberg schaute wieder zu dem roten Plastikhummer hinauf, der eine dicke Staubschicht auf seinem Panzer trug.

»Aber ich war damals bei Greenpeace«, sagte er leise. »Es war eine schlimme Sache für uns alle, obwohl wir in den

*Leiter einer Greenpeace-Kampagne

Augen der meisten Menschen als moralische Sieger dastanden.«

Steven starrte Sternberg mit einer gewissen Hochachtung an.

Sternberg drehte den Bierdeckel hin und her und fuhr fort: »Es war ja bis dahin alles gut gegangen. Wir hatten zwar immer damit gerechnet, dass einem von uns etwas zustoßen könnte, aber nur theoretisch. Ein Mordanschlag lag ausserhalb unserer Vorstellungen.« Er trank einen Schluck Bier und strich mit der flachen Hand über seinen Bart. »Und deshalb habe ich das Gefühl, dass sich diese Sache hier auch ziemlich unangenehm entwickeln könnte. Wer immer diesen armen Menschen in die Tonne gesteckt hat, wird nicht daran interessiert sein, dass wir es herausfinden. Atomfabriken sind seit der Katastrophe von Tschernobyl und den schweren Störfällen in Cattenom und Biblis nicht gerade beliebt bei der Bevölkerung. Sogar die Franzosen sind inzwischen keine Freunde der Kernkraft mehr. Wer hätte das vor ein paar Jahren gedacht? Also, wenn eine staatliche Atomfabrik in England, Frankreich, Holland, Belgien oder Deutschland das auf dem Gewissen hat, dann werden die eine Menge tun, um die Angelegenheit zu vertuschen. Auch eine Privatfirma wird sich kräftig zur Wehr setzen. Allerdings können die wenigstens keinen Geheimdienst einschalten.«

Piet nickte und lehnte sich zurück. »Ich bin zwar im Allgemeinen kein rachsüchtiger Mensch, aber wenn Frankreich dahintersteckt, dann wäre es mir ein ausgesprochenes Vergnügen, denen richtig Ärger zu machen.«

Steven schüttelte den Kopf und runzelte die Stirn. »So kannst du das nicht sehen – höchstens privat! Greenpeace ist in Frankreich noch immer schlecht angesehen seit der Geschichte mit der **Rainbow Warrior**. Schließlich musste damals der französische Verteidigungsminister zurücktreten, und die Franzosen fühlten sich in ihrer nationalen Ehre getroffen, weil die ganze Welt sich über diesen Bombenanschlag aufregte. Für Greenpeace wäre es nicht günstig, wenn wir noch einmal in diese Wunde stoßen würden. Dann könnten wir unser Büro in Paris gleich zumachen.«

Sternberg schüttelte den Kopf, und Carla starrte Steven ungläubig an. »Ich kann diesen Überlegungen nicht ganz folgen«, sagte sie. »Heißt das allen Ernstes, dass das Image von Greenpeace dir wichtiger ist als der Kampf gegen die atomare Verseuchung der Umwelt, oder wie soll ich das verstehen?«

Stevens Blicke wanderten nervös durch den Raum; er suchte nach Worten.

»Nein, nein, das ist ein Missverständnis!«, warf Anne ein. »Es ist nur so, dass wir von Greenpeace immer sehr sorgfältig ein positives Echo auf unsere Aktionen planen, weil wir eben auch mit Behörden und Politikern zusammenarbeiten, um etwas zu erreichen. Außerdem, wenn wir die Presse eines Landes gegen uns haben, können wir nichts mehr bewirken!«

»Na ja, in diesem Fall wissen wir doch noch gar nicht, welches Land hinter der Geschichte steckt«, warf Piet vorsichtig ein.

Sternberg räusperte sich. Er war belustigt und verärgert zugleich. »Bevor wir in eine typische Greenpeace-Diskussion verwickelt werden, möchte ich erst mal meinen Vorschlag unterbreiten. Den könnt ihr dann noch heute Abend oder morgen durchsprechen, aber das ist dann eure Sache.«

Er schaute fragend in die Runde.

Steven nickte ein wenig griesgrämig.

»Die Polizei«, fuhr Sternberg fort, »hat noch keine Meldung über den Toten in der Tonne veröffentlicht. Wir könnten das euch überlassen. Ihr macht eine Pressekonferenz, gebt bekannt, dass ihr eine Tonne mit radioaktivem Inhalt gefunden habt und jetzt nach weiteren Fässern sucht. Die Leiche unterschlagen wir erst mal. Außerdem kündigt ihr an, dass die *Strandflieder* die Suche nach weiteren Fässern aufnehmen wird.«

Keiner an dem großen Tisch sagte etwas. Das Gemurmel der anderen Gäste füllte plötzlich den Raum und schien immer lauter zu werden. Es dauerte eine Minute, bis Steven von seinem Bierglas aufsah und Sternberg kritisch musterte. »Wir haben noch nie so eng mit der Polizei zusammengearbeitet, und wir haben uns noch nie von der Polizei unsere Aktionen vorschreiben lassen!« Seine Stimme war klar und scharf.

Piet betrachtete die beiden Männer, und dann verzog sich sein Gesicht wieder zu dem seltsamen Chinesenlächeln. Er schlug leicht mit der Faust gegen Stevens Arm und sagte: »Bisher hatten wir ja auch noch nie einen Kommissar, der schon einmal Greenpeace-Aktivist war!«

Anne und Carla begannen zu lachen, und nach der Verzögerung von einer halben Minute huschte auch über Stevens Gesicht ein leises Lächeln.

»Also, reg dich nicht auf, Steven«, sagte Piet freundlich. »Wir können ein bisschen Aufsehen brauchen. Es ist uns schon länger nichts Besonderes mehr eingefallen. Ein bisschen Pressewirbel wäre gar nicht schlecht für uns!«

Stevens Augen waren voller Abwehr, obwohl er noch immer lächelte.

Sternberg legte die Hand besänftigend auf Stevens Arm. »Wir Umweltpolizisten sind meistens auch nicht besonders erfolgreich. Aber dies ist einer der Fälle, bei denen ich alles riskieren möchte. Ich habe eine Menge gegen die Atomwirtschaft. Also, wann macht ihr die Pressekonferenz?«

»Nun mal langsam«, sagte Steven gedehnt. »Wir müssen Ihren Vorschlag erst allen Vorstandsmitgliedern vorlegen und gemeinsam darüber entscheiden. Außerdem müssen wir Greenpeace International verständigen und auch dort eine Genehmigung einholen. Das müssen Sie doch wissen, Herr Kommissar!«

Sternberg nickte und überhörte Stevens sarkastischen Tonfall.

Piet trank einen großen Schluck Bier und stellte das Glas mit Nachdruck auf den Tisch zurück. »Also, ich würde bei dieser Geschichte gern mitmachen!«

Anne nickte heftig.

»Wie lange werdet ihr brauchen, um die Angelegenheit zu klären?«, fragte Sternberg.

»Einen, höchstens zwei Tage«, erwiderte Steven, der eine steile Falte zwischen den Augenbrauen hatte, die Sternberg zuvor nicht aufgefallen war.

Sternberg hob sein Glas. »Gut, dann werden wir inzwischen weitere Ermittlungen einleiten und spätestens übermorgen an die Nordsee fahren – mit oder ohne euch!«

Sehr zum Missvergnügen von Kommissar Brinkmann übernahmen Sternberg und Clara Baran am nächsten Tag die Leitung der Ermittlungen im Fall »radioaktive Tonne«. Übergeordnete Stellen hatten ihnen den Fall übertragen, und somit konnten sie auch die technischen Hilfen der Hamburger Polizeizentrale nutzen.

Sie holten zunächst alle verfügbaren Daten über diejenigen Atomanlagen ein, die sie gemeinsam mit den Greenpeacern in die engere Wahl gezogen hatten.

Vielleicht ist ja alles falsch, aber irgendwo müssen wir schließlich anfangen«, meinte Sternberg.

Eine der besonders verdächtigen Anlagen war die Wiederaufarbeitungsanlage Sellafield in Großbritannien. Seit Jahrzehnten hatte es dort einen Skandal nach dem anderen gegeben. Schon in den fünfziger Jahren hatte man absichtlich plutoniumverseuchtes Wasser in die Irische See abgelassen, und immer wieder war es aufgrund mangelnder Sicherheitsvorkehrungen zum Austritt radioaktiver Stoffe gekommen. Atomaren Müll hatte man einfach in eine Grube geschüttet, unzählige Arbeiter waren im Lauf der Zeit radioaktiv verseucht worden, und die Zahl der Leukämieerkrankungen rund um die Anlage war erschreckend hoch. Sellafield hatte einmal Windscale geheißen, aber nach den vielen Skandalen war es in den achtziger Jahren umgetauft worden.

»Allmählich wäre wieder ein neuer Name fällig«, meinte Sternberg, als er auf die Zahl der Störfälle stieß.

Die Sicherheitsvorkehrungen waren zwar verbessert worden, aber die ganze Umgebung der Wiederaufarbeitungsanlage blieb eine hoffnungslos verseuchte Kloake der Atomindustrie. Immer wieder hatten Greenpeace-Schiffe vor Sellafield Protestaktionen durchgeführt – gegen die Versenkung von Atommüll im Meer, gegen den Transport ausgebrannter Brennstäbe aus ganz Europa nach Sellafield.

»Es kann nicht Sellafield sein«, sagte Carla, nachdem sie ein Fernschreiben an die britische Umweltbehörde abgeschickt hatte. »Es wäre so offensichtlich, dass ich es einfach nicht glauben kann!«

»Wahrscheinlich ist es nicht Sellafield«, antwortete Sternberg, der bereits die Unterlagen über die französische Wiederaufbereitungsanlage La Hague studierte. Er lächelte Carla grimmig an und fügte hinzu: »Aber es ist immer gut, die Briten auf Trab zu bringen, wenn es um die Umwelt geht. In der Beziehung schlafen sie nämlich immer noch!«

»Sei nicht so hochmütig«, gab Carla zurück. »Die Briten kämpfen gegen eine entsetzliche Arbeitslosigkeit, außerdem haben sie kein Geld. Man kann nicht alle Probleme gleichzeitig lösen.«

»Man kann aber auch nicht so tun, als gäbe es diese Probleme nicht. Bei uns versuchen die Politiker ja auch immer wieder diesen Ausweg zu finden. Hast du mal das erleichterte Gesicht eines Politikers gesehen, wenn endlich irgendein Professor ein Gutachten erstellt hat, dass ein bestimmter Stoff nicht so schädlich sei wie bisher angenommen?«

»Du schon?«

»Ich ja! Gerade und ganz besonders nach der Katastrophe von Tschernobyl. Und ich kannte einen alten Arzt in München, der erklärte die Gefahren der Radioaktivität ganz einfach und einleuchtend. Er erzählte in Vorträgen und Vorlesungen, dass Radioaktivität so gefährlich sei, weil sie einfach bestehen bleibt. Er fing gar nicht erst mit Begriffen wie Halbwertzeit und andern Fachwörtern an, sondern sagte schlicht: ›Die meisten Stoffe strahlen lange, Jahrzehnte und Jahrhunderte. Jede freiwerdende Radioaktivität muss also zum Strahlungspotential unserer Atmosphäre hinzugezählt werden. Alles, was hinzukommt, ist zu viel, und alles, was die Menschen davon aufnehmen, ist gefährlich. Es kann zu missgebildeten Kindern führen, zu Krebs und anderen Krankheiten.‹ Er hat gesagt: ›Essen Sie verseuchte Fische, fahren Sie an einem undichten Transporter vorbei, gehen Sie in der Nähe einer Atomanlage spazieren. Vielleicht haben Sie schon Ihren Teil abbekommen, der ausreicht, um Sie zu töten! Sie sehen es nicht, Sie hören es nicht, Sie spüren nichts davon ..., aber in zwei, fünf oder zehn Jahren bricht bei Ihnen eine bösartige Krankheit aus.‹«

»In Ordnung«, sagte Carla nach einer kurzen Pause. »Mir ist schon schlecht. Vielleicht solltest du dir mal einen anderen Professor anhören, um auf bessere Gedanken zu kommen.«
Sternberg hatte sich während seines Vortrags sehr gerade vor den Schreibtisch gestellt. Jedes Mal, wenn er über das Thema Radioaktivität sprach, spürte er eine unbestimmte Angst in sich aufsteigen. Er redete die Angst regelrecht nieder, und trotzdem war da immer wieder ein Gedanke in seinem Kopf: Wir haben alle eine Menge Radioaktivität abbekommen in den letzten Jahrzehnten. Auch ich! Schnell schob er diesen Gedanken beiseite. Er sah zu Carla hinüber, die bereits wieder ein Fernschreiben verfasste, und beugte sich über die Berichte. Alles schien so normal zu sein.
Sie schickten Fernschreiben nach Holland, Belgien, Frankreich und an die niedersächsischen und schleswigholsteinischen Polizeizentralen mit dem Ziel, in den nächsten Tagen eine gesamteuropäische Fahndung anlaufen zu lassen.

»So«, sagte Sternberg gegen Mittag, »das wäre geschafft. Nun werden wir noch mal zum Institut fahren und uns die Klamotten genauer ansehen, die in der Tonne waren. Ich habe angeordnet, dass sie zurückgehalten werden.«
Sie gingen zu Fuß von der Polizeizentrale zum Institut, obwohl Kommissar Brinkmann ihnen einen Wagen angeboten hatte.

»Danke, aber ich brauche etwas Bewegung«, hatte Sternberg erwidert und Carla am Arm gefasst, was ihm einen missgünstigen Blick seines Kollegen eingetragen hatte.
Der Weg zum Institut führte mitten durch die Innenstadt Hamburgs. Vor dem Rathaus blieben sie kurz stehen und schauten mit zurückgelegten Köpfen zu dem dunklen Turm auf. Sie atmeten den faulig-brackigen Geruch der schwarzen Kanäle ein, die Elbe und Alster verbanden, und betrachteten zerstreut die Auslagen der unzähligen Geschäfte.
»Wie viele Tonnen sind wohl versenkt worden?«, fragte Carla plötzlich. Sie blieb unvermittelt stehen. »Und wie viele davon sind wohl undicht ... ?«
»Du denkst also auch darüber nach.« Sternberg drückte ihren Arm.
»Ja, diese Frage bedrängt mich immer wieder. Stell dir doch nur mal vor, was geschieht, wenn die Küste verseucht wird!«
»Ich stelle es mir lieber nicht vor.«
»Ich auch nicht!«

Sternberg musste keinen Schutzanzug anlegen. Die Fundstücke aus der Tonne lagen in einem großen Glaskasten, und er konnte mit merkwürdigen Schutzhandschuhen arbeiten, die im Inneren des Kastens angebracht waren. Vorsichtig ließ er seine Hände und dann die Arme hineingleiten. Dr. Steffen stand neben ihm und beobachtete ihn prüfend.

»Genau so«, bemerkte er sachlich. »Nun können Sie die Gegenstände ohne Gefahr berühren.«

»Sind Sie ganz sicher?«, fragte Sternberg.

»Fast sicher – schließlich arbeite ich auf diese Weise, und ich lebe noch.«

Sternberg warf Dr. Steffen einen spöttischen Blick zu. »Wie lange arbeiten Sie schon hier?«, fragte er.

»Seit vier Jahren. Warum?«

»Das ist noch keine besonders überzeugende Überlebenszeit für jemanden, der mit radioaktivem Material umgeht«, erwiderte Sternberg und wandte sich dem Glaskasten zu.

»Also hören Sie! Wir haben hier die strengsten Sicherheitsbestimmungen!« Dr. Steffen war empört – oder spielte er nur den Empörten?

»Lassen Sie's gut sein. Ist das auch alles?«, fragte Sternberg mit einer leichten Kopfbewegung in Richtung Glaskasten, denn er konnte seine Hände nicht mehr frei bewegen.

»Es ist alles, was wir in der Tonne gefunden haben.«

Sternberg nahm sich systematisch jedes Stück Stoff, jeden Arbeitshandschuh vor. Er faltete die Fetzen auseinander, überprüfte die Säume nach Etiketten oder Markierungen, rollte die Verbände auseinander. Er fand etliche Stellen, an denen solche Kennzeichen offensichtlich abgetrennt worden waren.

»Das, was Sie jetzt machen, haben gestern schon zwei Kollegen von der Spurensicherung absolviert. Sie haben nichts gefunden«, sagte Dr. Steffen nach einer Weile.

»Die Kollegen sind sehr zuverlässig, aber man kann nicht gründlich genug nachsehen«, erwiderte Sternberg und faltete ungerührt Kleidungsstücke und Fetzen auseinander, denn er hatte sehr wohl den ungeduldigen Ton in Dr. Steffens Stimme gehört. Er hatte zwar wenig Hoffnung, einen konkreten Hinweis zu finden, aber er wusste nicht recht, wo er sonst mit seiner Suche beginnen sollte.

Nach zehn Minuten räusperte sich Dr. Steffen gereizt. »Brauchen Sie noch lange?«

»Ich komme schon zurecht. Sie müssen nicht auf mich warten«, antwortete Sternberg freundlich.

Dr. Steffen nickte und verließ den Raum.

Philip Sternberg setzte seine Arbeit bedächtig fort, aber er fand nichts. Ein Ziehen in seinem Rücken erinnerte ihn daran, dass die Haltung, in der er vor dem Kasten stand, nicht eben günstig für ihn war. Er neigte ohnehin zu Rückenschmerzen.

Noch drei Kittel lagen auf der rechten Seite des Glaskastens. Die schon überprüften Gegenstände hatte Sternberg sorgfältig auf die linke Seite gelegt.

Er presste die Lippen zusammen und hielt inne. Gern hätte er wenigstens eine Hand benutzt, um über seinen Schnurrbart zu streichen, wie er es immer tat, wenn er nachdachte. Aber seine Hände steckten in den komischen Handschuhen, und er fühlte sich wie in einer Zwangsjacke. Entschlossen nahm er den nächsten Arbeitskittel und ließ Stück für Stück, Naht für Naht durch seine Finger gleiten. Diesmal fand er ein winziges Etikett, das in einer Falte versteckt war, halb eingenäht in einen Saum.

Sternberg versuchte es auseinander zu ziehen, aber es widersetzte sich den unbeholfenen Bewegungen. Er biss auf seine Unterlippe und bemerkte nicht, dass er in seinem Bemühen, das Etikett aufzurollen, die Zunge etwas vorstreckte. Es war schwierig, mit den ungewohnten Schutzhandschuhen umzugehen, vor allem, wenn man eine so komplizierte Arbeit zu verrichten hatte.

Aber Sternberg gab nicht auf. Schließlich hatte er es geschafft und konnte die Schrift lesen.

»Wash separately«, stand da.

»Verflucht!«, entfuhr es Sternberg, und er sah auf. Carla stand neben ihm und betrachtete ebenfalls das Etikett.

»Klingt einleuchtend«, sagte sie. »Ich würde es auch nicht mit der übrigen Wäsche in die Waschmaschine stecken.«

»Haha«, erwiderte Sternberg ärgerlich.

»Dreh es doch mal um«, schlug Carla vor.

Sternberg stöhnte. »Meine Arme machen das bald nicht mehr mit, und mein Rücken bricht demnächst ab.«

»Bist wohl nicht so ganz in Form. Zu wenig trainiert in letzter Zeit?«

Sternberg biss nochmals die Zähne zusammen und rollte das winzige Stückchen Stoff nach der anderen Seite auf. Leicht verwaschen, aber noch leserlich stand dort: »Sécurité Fr.«

Sternberg ließ die Arme sinken und zog vorsichtig seine Hände zurück. Er streckte sie von sich, spreizte die Finger und betrachtete sie aufmerksam von allen Seiten. »Ich hatte das Gefühl, als gehörten sie nicht mehr zu mir«, sagte er. »Es war so, als müsste ich ab jetzt immer mit diesem Kasten herumlaufen. Eine erschreckende Vorstellung.«

Er rieb seine Arme und wandte sich Carla zu.

»Sécurité Fr.«, sagte sie vor sich hin.

»Sécurité Fr.«, wiederholte auch er. »Hast du eine Ahnung, was das bedeuten könnte?«

Carla warf ihm einen kritischen Blick zu. »Na ja«, antwortete sie, »ich nehme an, du weißt genauso gut wie ich, dass Fr. vermutlich eine Abkürzung für Frankreich ist. Und Sécurité ist vielleicht eine Firmenbezeichnung.«

»Na gut, dann hätten wir immerhin etwas. Möglicherweise hilft es auch nichts, aber damit haben wir den Hamburgern bewiesen, dass sie nicht gründlich genug gearbeitet haben.« Sternberg lachte ein wenig gezwungen und versenkte seine Hände mit Abscheu noch einmal in die Handschuhe, um die letzten beiden Kleidungsstücke zu durchsuchen.

»Hast du denn irgendetwas herausgefunden?«, fragte er Carla.

»Nein, überhaupt nichts. Im Personalbüro haben sie mir erklärt, dass der Fahrer schon seit einem Jahr beim Institut beschäftigt sei. Er war also vermutlich nur neugierig, und wir in unserem grundsätzlichen Misstrauen haben das falsch gedeutet.«

Mit einem weiteren Seufzer zog Sternberg endgültig seine Hände aus den Arbeitshandschuhen. Er ging zu dem Waschbecken hinüber, das an der Wand angebracht war, und schrubbte gründlich seine Hände. »Es könnte ja sein, dass die Handschuhe doch nicht ganz dicht sind«, erklärte er Carla und besah seine nassen Hände von allen Seiten.

Carla stellte sich neben ihn. »Und was machst du mit den Gammastrahlen?«, fragte sie.

»Die gehen einfach durch mich hindurch.« Sternberg grinste. »Ich atme tief ein, mache mich ganz locker und lasse alle Gammastrahlen passieren.«

Sternberg presste den Telefonhörer an sein Ohr, denn er konnte kaum verstehen, was am anderen Ende der Leitung gesprochen wurde. Vor der Hamburger Polizeizentrale waren drei Schaufelbagger damit beschäftigt, den Baugrund für eine Erweiterung des ohnehin schon unüberschaubaren Gebäudekomplexes auszuheben. Wie seltsame Dinosaurier bewegten sich die Bagger tief unter ihm, ihre stählernen Gebisse in den Boden schlagend und große Löcher hinterlassend.

»Ich verstehe schlecht!«, rief er. »Kannst du lauter sprechen?« Sternberg hielt das freie Ohr zu.

»Ist das immer so bei der Polizei?«, hörte er Stevens ironische Stimme. »Ich meine diese Nebengeräusche.«

Sternberg lachte auf. »Das ist der Polizeicomputer, der gerade heißgelaufen ist«, antwortete er. »Nein, im Ernst, hier wird gebaut. Der Polizeiapparat breitet sich unaufhaltsam aus. Was gibt es Neues von Greenpeace?«

Am anderen Ende der Leitung entstand eine kleine Pause, dann räusperte sich Steven und erzählte: »Wir haben schon das Wesentliche geklärt. Es läuft so, wie wir es gestern Abend besprochen haben. Wir werden für übermorgen eine Pressekonferenz einberufen und den Fund der Tonne bekannt geben. Die *Strandflieder* könnte theoretisch schon morgen auslaufen, damit sie so schnell wie möglich wieder am Fundort ist. Wir müssen nur noch im Detail besprechen, was wir auf der Pressekonferenz sagen und was nicht.«

»Danke«, sagte Sternberg. »Ich freue mich darauf, mit euch zusammenzuarbeiten.«

»Keine Sentimentalitäten«, erwiderte Steven kühl. »Es gab eine Menge Vorbehalte, hier – weniger beim internationalen Vorstand. Wir werden auf der Pressekonferenz auf keinen Fall etwas von der Zusammenarbeit mit der Polizei sagen. Ihr müsst jetzt dafür sorgen, dass das absolute Stillschweigen über die Leiche eingehalten wird und der übereifrige Hamburger Kommissar uns nicht in die Quere kommt!«

»Ich werde mich bemühen«, sagte Sternberg. »Allerdings weiß ich noch nicht, ob ich bei der Pressekonferenz dabei sein kann, denn wir müssen möglicherweise nach Frankreich, um einiges abzuklären.«

»Was ist mit Frankreich?«

»Kann ich noch nicht genau sagen. Wir überprüfen das erst mal. Ich melde mich wieder bei euch.« Sternberg legte den Hörer auf und ging langsam in den Nebenraum hinüber.

Kommissar Brinkmann saß an seinem Schreibtisch und trommelte nervös mit den Fingern auf einem Aktenordner herum. Carla stand am Fenster und beobachtete die Baumaschinen.

»Ich werde selbst nach Frankreich fahren. Allerdings muss ich noch Rücksprache mit der Umweltzentrale in München halten.«

Brinkmann schob den Ordner ärgerlich von sich. »Wir könnten Ihnen diesen Teil der Nachforschungen abnehmen. Schließlich sind wir als Kripo mit einem Mordfall befasst!«

Sternberg setzte sich auf die Schreibtischkante und nahm einen Bleistiftspitzer in die Hand, der die Form einer Pistole hatte. Er drehte das Ding hin und her und legte es dann schnell wieder zurück, als hätte er sich die Finger verbrannt.

»Das kann ich verstehen, Herr Brinkmann«, sagte er angsam. »Aber sehen Sie, diese Vernetzungen im internationalen Atomgewerbe sind ziemlich kompliziert, vor allem in Frankreich, das ja als einziges europäisches Land außer England sein Atomprogramm noch immer ziemlich zielstrebig verfolgt. Man muss also damit rechnen, dass selbst die französischen Kollegen hinter diesem Atomprogramm stehen, weil es etwas mit dem Nationalstolz zu tun hat.«

Sternberg machte eine Pause und schubste den Pistolenspitzer mit einem Finger leicht an, ehe er über seinen Schnurrbart strich. »Außerdem ist es gar nicht gesagt, dass die Franzosen etwas mit der Leiche zu tun haben. Es kann durchaus sein, dass nur dieser spezielle Arbeitskittel aus Frankreich stammt. Dies alles sind Dinge, mit denen wir umgehen können, und deshalb denke ich, dass wir sie auch klären sollten.«

Sternberg sah zu Carla hinüber, die noch immer aus dem Fenster blickte. »Möglicherweise fährt auch nur Frau Baran. Sie spricht hervorragend Französisch, und zwei Flugtickets sind unserem Vorgesetzten sicher zu teuer.«

Carla reagierte nicht, und Sternberg bemerkte, dass Brinkmann den kleinen Pistolenspitzer gedreht hatte und die Mündung jetzt direkt auf ihn wies. Er nickte Brinkmann ernst zu und verließ den Raum, um mit Burger, dem Leiter der Umweltzentrale in München, zu telefonieren.

Burger musste von seiner Sekretärin aus einer Besprechung geholt werden.

»Hallo, Sternberg!«, klang schließlich seine wie immer etwas angestrengte Stimme aus dem Apparat.

»Hallo!«, sagte Sternberg. »Dieser Fall entwickelt sich wesentlich interessanter, als ich bisher angenommen hatte. In der Tonne haben wir nicht nur eine Leiche, sondern inzwischen auch Hinweise auf eine französische Firma gefunden. Es scheint mir deshalb unumgänglich, dass wir – ich meine, mindestens einer von uns – nach Frankreich fliegen, um die Sache zu klären.«

»Nun ja, ich nehme an, dass Sie Recht haben. Wer von Ihnen wird fahren? Ich schlage Frau Baran vor. Sie spricht erheblich besser Französisch als Sie, Sternberg.«

Burger legte eine Pause ein, um sicherzugehen, dass seine Worte auch verstanden worden waren. »Was haben Sie zur Identifizierung der Leiche unternommen?«

»Na ja, wir haben alle Untersuchungen vornehmen lassen und können im Augenblick nur hoffen, dass der Mann irgendwo als vermisst gemeldet wurde. Wir haben eine internationale Fahndungsmeldung durchgegeben und erwägen, zu einem späteren Zeitpunkt ein Foto des Toten zu veröffentlichen. Allerdings ohne Hinweise darauf, dass der Mann in einer verseuchten Tonne gefunden wurde ... Sonst ist uns noch nichts eingefallen.«

Burger schwieg wieder.

»Es ist fraglich«, sagte er dann, »ob Sie auf diese Weise schnell zu einem Ergebnis kommen werden. Aber es geht wohl nicht anders. Halten Sie mich auf dem Laufenden. Sonst noch was?«

»Nein, sonst nichts mehr.«

»Dann auf Wiedersehen und viel Glück, Sternberg.«

»Auf Wiedersehen!«

Sternberg kehrte in Brinkmanns Büro zurück.

»Die Antwort auf mein Teleschreiben ist da«, sagte Carla und wies auf den Bildschirm hinter Brinkmanns Schreibtisch. »Es gibt in der Nähe von Paris eine Firma mit dem Namen Sécurité. Dort werden Spezialausrüstungen für die Arbeit in allen möglichen Anlagen für chemische, nukleare und sonstige Produkte hergestellt. Ich frage mich nur, ob es überhaupt einen Sinn macht hinzufahren. Die Liste der belieferten Firmen wird endlos sein, und es ist fraglich, ob sie diese Liste überhaupt herausrücken.«

Sternberg betrachtete seine Schuhe und erwiderte dann: »Ich glaube unbedingt, es ist sinnvoll, dass du hinfährst. Dann erst kannst du ein Gefühl für mögliche Zusammenhänge entwickeln. Vielleicht wissen auch die Kollegen im Pariser Umweltdezernat etwas, das uns weiterhilft. Außerdem kommst du an Ort und Stelle leichter an die Kundenliste von Sécurité heran als von Hamburg aus. Meinst du vielleicht, die reagieren auf ein Fernschreiben? Und ob die französischen Kollegen sich wirklich darum bemühen, die Liste für uns zu bekommen, ist auch zweifelhaft. Es ist immer besser, den Leuten persönlich auf den Zahn zu fühlen. Von dir weiß ich wenigstens, dass du nicht bestechlich bist. Wer garantiert mir das bei irgendeinem Kommissar Maigret, den ich nicht kenne?«

»Du bist sehr misstrauisch, Philip Sternberg«, murmelte Carla. »Ist das deine Natur oder eine Berufskrankheit?«

»Es ist einfach meine Erfahrung, Carla, und das Wissen um die Gehälter meiner Kollegen.«

Brinkmann räusperte sich empört und schob seinen Stuhl kreischend zurück. »Ich hoffe, Sie dehnen Ihre Verdächtigungen nicht auf die Hamburger Kripo aus. Das möchte ich mir sehr verbitten!«

Sternberg lächelte seinen Kollegen spöttisch an und zuckte die Achseln. »Alle Anwesenden sind wie immer ausgenommen.«

Carla saß bereits am Nachmittag in der Lufthansa-Maschine nach Paris. Der Flug war unangenehm, denn das Sturmtief über Norddeutschland war inzwischen nach Frankreich weitergezogen. Das Flugzeug holte es ein und taumelte von Luftloch zu Luftloch. Carla überprüfte ihren Sicherheitsgurt. Sie hatte das Gefühl zu stürzen. Als sie endlich zum Landeanflug auf Paris-Orly ansetzten, atmete Carla auf.

Sie blickte durch das Fenster des Flugzeugs und schauderte. Die Maschine rollte aus. Es regnete draußen in Strömen – wie bei ihrer Ankunft in Hamburg. Himmel und Erde waren einheitsgrau eingefärbt. Carla nahm ihre große Tasche und begab sich mit den anderen Passagieren durch ein Röhrensystem zum Flughafengebäude. Kein Regentropfen berührte sie. Es ist wie mit der Rohrpost, dachte sie. Hinter der Absperrung wartete ein französischer Kriminalbeamter mit einem großen Regenschirm auf Carla. Er beobachtete amüsiert, wie ein Polizist sie mit einem Detektor nach Waffen absuchte. Carla seufzte und zückte ihren Dienstausweis und eine Legitimation, die sie von solchen Untersuchungen ausnahm.

Der junge Beamte salutierte kurz vor ihr und führte sie dann ohne weitere Kontrolle zu dem Mann im hellgrauen Regenmantel, von dem sie ohnehin angenommen hatte, dass er auf sie wartete.

»Guten Abend, Madame, herzlich willkommen in Paris«, sagte der Mann. »Mein Name ist Beauvais. Ich bin Kommissar im französischen Umweltdezernat.« Beauvais lächelte professionell; in seinen Augen war keine Spur von Herzlichkeit zu entdecken. Er hatte ein hübsches, etwas südländisches Gesicht, dunkle, glatte Haare und einen sehr dünnen Schnurrbart über der Oberlippe. Seine Augenbrauen waren fast keck geschwungen, und zwischen ihnen stand eine steile, tiefe Falte, die Beauvais etwas Ältliches verlieh. Er mochte Mitte Vierzig sein, schätzte Carla.

»Sie haben nur diese eine Tasche?«, fragte er.

»Ja, ich hoffe, mein Aufenthalt wird sehr kurz sein, denn es handelt sich eigentlich nur um eine Routineüberprüfung.«

»Hätten wir das nicht für Sie erledigen können?«

»Überlassen Sie Unbekannten irgendwelche Nachforschungen, die Sie für sehr wichtig halten?«, fragte Carla zurück.

Beauvais zuckte die Achseln und fasste Carla leicht am Arm, um sie zum richtigen Ausgang der Flughafenhalle zu leiten. Draußen goss es in Strömen. Beauvais klappte den riesigen Regenschirm auf.

»Mein Wagen steht gleich da drüben«, sagte er. Sie suchten einen Weg zwischen den parkenden und anfahrenden Autos hindurch. Carla fröstelte und zog ihren Mantel enger um sich. Schweigen senkte sich über Carla und Beauvais, als sich der dunkelblaue Citroën in die Autoschlange einordnete, die auf dem Weg nach Paris war. Carla musste an ein Poster denken, das sie im Greenpeace-Büro gesehen hatte: Paris am Grunde eines Meeres, versunken wie einst das sagenhafte Atlantis. Große Fische glitten rund um den Triumphbogen. Es war ein stilles grünes Meer, in das der Maler Paris getaucht hatte. Der Blick durch die Windschutzscheibe des Citroën aber zeigte ein Paris, das eher im Dreckwasser der Seine untergegangen zu sein schien. Es war undurchsichtig und graubraun. Die Scheinwerfer der Autos durchbrachen die Wasserschwaden, Hochhäuser ragten links und rechts der Stadtautobahn auf. Carla erschauerte nochmals.

Es kam so, wie sie es sich vorgestellt hatte. Nach fünf Minuten langsamer Fahrt steckten sie im Stau. Die Scheibenwischer des Citroën zuckten im Rhythmus der Intervallschaltung und ließen jedes Mal für Bruchteile von Sekunden die Autos vor ihnen etwas genauer sichtbar werden.

»Es ist deprimierend, finden Sie nicht?« Beauvais sprach langsam und sah Carla von der Seite an. »Jetzt bleibt uns nichts anderes übrig, als uns zu unterhalten.« Er schaltete den Motor aus und streckte die Arme von sich. Dann räkelte er sich kurz.

»Woher kommen Sie? Aus Hamburg?«

»Nein, dort arbeiten wir nur im Augenblick an einem Fall. Eigentlich komme ich aus München, von der nationalen Umweltzentrale der Polizei.«

Beauvais zog ein Päckchen Zigaretten aus der Manteltasche und hielt es Carla einladend vors Gesicht. Sie schüttelte den Kopf. Beauvais steckte sich eine Zigarette in den Mund und zündete sie an. Er kniff ein Auge zu, als der Rauch aufstieg.

»Sind Sie Französin?«

Carla runzelte die Stirn. Sie hatte keine Lust, über sich zu sprechen. Widerwillig antwortete sie schließlich: »Meine Mutter ist Deutsche, mein Vater Italiener.«

Die Autos vor ihnen setzten sich wieder in Bewegung. Beauvais klemmte sich eine neue Zigarette in den Mundwinkel und ließ den Motor an. Im Zeitlupentempo bewegte sich die Autokolonne auf Paris zu. Sie sprachen ein wenig über ihre Arbeit, über den Stand der Auseinandersetzungen zwischen Kernkraftgegnern und Regierung in Frankreich.

»Wir haben inzwischen weit über fünfzig Kernkraftwerke und zwei Wiederaufbereitungsanlagen. Wir haben eine Menge Atombomben und auch eine Menge Leute, denen das allmählich auf die Nerven geht. Es gibt schon Terroranschläge gegen Atomkraftwerke. Und weil das alles so ist, haben wir eine Polizei, die ungeheuer schlagkräftig ist – im wahrsten Sinne des Wortes. Es ist nicht besonders gemütlich in Frankreich seit einiger Zeit.« Beauvais legte resigniert die Hand auf den Schalthebel für das automatische Getriebe.

Große Schilder zeigten eine Autobahnausfahrt an. Nachdem sie sich zentimeterweise bis zu ihr vorgekämpft hatten, bog Beauvais von der Autobahn ab. Sie fuhren durch gespenstische Vorstädte aus Beton und Glas.

Sie überquerten einen großen, leeren Platz, in dessen Mitte ein Obelisk stand – ein kleiner nur –, und hielten vor einem Hochhaus, das allen anderen in dieser Gegend glich.

Das Polizeihauptquartier war hell erleuchtet, obwohl es noch nicht spät am Nachmittag war. Der schwarzgraue Himmel allerdings machte den Nachmittag zum Abend.

Carla hatte Beauvais ein wenig von ihrem Auftrag erzählt. Er hatte sehr zweifelnd reagiert.

»In diesem Land ist es noch immer schwierig, etwas gegen

die Atomwirtschaft zu unternehmen. Sie werden es sehen«, sagte er, als sie den Citroën verließen. Er geleitete sie mit seinem Regenschirm in das Polizeihauptquartier. Sie zeigten ihre Ausweise und gingen dann durch eine riesige Halle, die mit dunkelgrauen Steinfliesen ausgelegt war. Der Fahrstuhl brachte sie in den siebten Stock zum Umweltdezernat. Die Sekretärin des Dezernatschefs passte nicht so recht in das chromblitzende Vorzimmer voller Computer und Bildschirme. Sie war eine ältere Frau mit graublonden Locken.

»Bonjour! Sie können gleich hineingehen«, sagte die Frau freundlich und lächelte Carla zu.

Carla nickte und trat vor Beauvais in das Zimmer des Dezernatsleiters. Er saß hinter einem großen Kunststoffschreibtisch, über dessen Ausmaße hinweg man sich kaum die Hände reichen konnte. Carlas Augen glitten über die spiegelnde weiße Fläche zu dem Menschen hinter dem Schreibtisch. Seine Haare saßen ordentlich geschnitten über einem breiten, zerfurchten Gesicht. Er war nicht mehr jung, vielleicht Ende Fünfzig, und trug einen blauen Anzug, der ein wenig zu blau war und deshalb etwas unseriös wirkte. Seine Krawatte saß leicht schief.

Als Carla vor dem Schreibtisch stand, sprang der Mann auf und streckte ihr die Hand entgegen. »Da sind Sie ja! Madame Baran, nicht wahr?« Er verbeugte sich leicht vor ihr. »Mein Name ist Simoni. Was kann ich für Sie tun? Ich habe aus dem Teletext nur entnehmen können, dass Sie sich für die Firma Sécurité interessieren.«

Carla erzählte Simoni in groben Zügen die Geschichte der Tonne und ließ nach kurzer Überlegung zunächst den Namen Greenpeace weg. Vielleicht würde sie Simoni unter vier Augen davon erzählen, aber sicher nicht, wenn Beauvais zuhörte. Sie saß in einem kühlen Sessel aus Kunstleder und hielt ein Glas Cognac in der Hand, das Simoni ihr aufgedrängt hatte.

Simoni hörte ihr aufmerksam zu und blickte dann auf seine Armbanduhr. »Es geht gerade noch«, sagte er. »Wenn Sie mit Beauvais sofort zur Firma Sécurité fahren, dann werden Sie noch etwas erreichen können. Ich werde dort anrufen und dafür sorgen, dass die verantwortlichen Herren dableiben, bis Sie kommen.« Simoni griff zum Telefon und nickte Carla und Beauvais energisch zu.

Beauvais öffnete höflich die Tür und brachte Carla zum Fahrstuhl. »Es würde mich sehr wundern, wenn wir erfolgreich wären«, sagte er, während die rot lackierte Kabine nach unten schwebte.

Carla zuckte nur die Achseln.

Diesmal hatten sie mehr Glück mit der Strecke, denn der Weg zur Firma Sécurité lag abseits des Verkehrsstroms. Außerdem hatte es inzwischen aufgehört zu regnen. Ein gelblicher Himmel erschien hinter den dunklen Wolken, als sie sich der Firma näherten. Sécurité sah sehr ordentlich aus. Die Gebäude der Firma lagen zwischen flachen Lagerhallen, Möbelhäusern und allerlei Kleingewerbebetrieben. Sécurité bestand aus drei mehrstöckigen weißen

Gebäuden, die miteinander verbunden waren. Der Firmenname leuchtete weithin in großen Neonbuchstaben.
Beauvais stellte den Citroën vor dem Haupteingang ab. Während sie auf das Gebäude zugingen, dachte Carla darüber nach, dass sie keine Ahnung hatte, wie sie an Informationen herankommen könnte. Beauvais stieß die gläserne Eingangstür auf, und sie befanden sich inmitten der Plastikwelt, die Carla kaum noch ertragen konnte. Einzig das Wandrelief milderte diesen Eindruck ein wenig. Es stellte einen Vogel dar, den zwei Hände behutsam hielten.
Eigentlich passt dieses Relief eher zur Friedensbewegung als zu einer Firma, die Zulieferer von Kernkraftwerken und Chemieunternehmen ist, dachte Carla. Das Wandbild war allerdings so groß, dass es wie ein Mahnmal wirkte, ein Effekt, der vermutlich von der Direktion nicht beabsichtigt gewesen war.
Im Empfangsraum von Sécurité saßen ein Pförtner und eine junge Frau, beide in hellblaue Uniformen gekleidet.
Beauvais zeigte seinen Dienstausweis und verlangte den Direktor zu sprechen.
»Bitte folgen Sie mir, die Direktion ist bereits unterrichtet«, sagte die junge Frau kühl und rückte ihre militärisch anmutende Mütze zurecht. Sie war blond und schlank und verbreitete Krankenschwesternatmosphäre.
Die Direktionsetage lag im fünften Stock und war mit hellen Teppichböden ausgelegt. Die junge Frau ging voran, ihre Schritte waren lautlos. Sie klopfte an eine Tür und nickte dann leicht mit dem Kopf. Die Tür öffnete

sich, und ein Raum tat sich vor Carla auf, der ganz in Weiß gehalten war: weiße Ledersessel, weißer Schreibtisch, weiße Regale, weiße Übertöpfe für die wenigen, aber überdimensionalen Pflanzen. Die Wände allerdings waren mit abstrakten Bildern regelrecht tapeziert.
Direktor Hernu kam auf Carla und Beauvais zu. Er war ein junger Mann in einem eleganten hellgrauen Anzug und glich eher einem Dressman als einem Industriemanager.
»Was kann ich für Sie tun, Madame?«, fragte Hernu und verbeugte sich leicht vor ihr. Beauvais nahm er kaum zur Kenntnis. Er bot Carla Platz an in einem der weißen Ledersessel und fragte, ob sie Kaffee oder Tee oder einen Drink wünsche – vielleicht auch einen kleinen Imbiss, es sei schließlich spät am Nachmittag.
Carla setzte sich behutsam in den kalten, glatten Sessel. Angesichts dieser geballten Demonstration von Reichtum und Macht fühlte sie sich einen Augenblick unsicher.
Direktor Hernu lächelte sie an, aber sein Lächeln meinte nicht wirklich sie. Es glitt über sie hinweg zu den teuren Bildern an den Wänden.
Carla dachte an den Toten in der Tonne. Die Leute, die veranlasst hatten, dass er jenen Sarg erhielt, lächelten vermutlich ähnlich. Carla richtete sich auf, wobei der Ledersessel leise quietschte. Dann hörte sie sich selbst sprechen, ruhig und klar. Allerdings fühlte sie sich noch nicht ganz sicher. Es ging ihr wie in einer Prüfungssituation, wenn man anfängt zu reden, ohne die Lösung der Aufgabe zu wissen. Aber nach wenigen Minuten ging es besser, und

Hernu schien nichts von ihrem inneren Kampf bemerkt zu haben.

Carla schilderte den Fund der Tonne, verschwieg aber die Existenz der Leiche.

»Die Kleidung, die wir in der Tonne gefunden haben, stammt von Ihrer Firma. Die Etiketten beweisen das. Wir benötigen deshalb eine Liste der Firmen, die mit radioaktivem Material arbeiten und die Sie mit Ihrer Spezialkleidung beliefern, Monsieur Hernu.«

Es war ganz still in dem hellen Raum. Hernus Lächeln war verschwunden, und er führte langsam die Fingerspitzen zueinander.

»Madame«, sagte er, »das ist eigentlich nicht unsere Art, mit Kunden umzugehen. Es handelt sich um einen sehr sensiblen Firmenbereich. Die Zusammenarbeit ist Vertrauenssache. Eine Offenlegung der Kundenliste könnte uns sehr schaden.«

Hernu wirkte noch immer höflich, aber keineswegs freundlich.

Carla bemerkte einen harten, scharfen Zug in seinem hübschen, schmalen Gesicht, der ihr zuvor nicht aufgefallen war.

»Es wird Ihnen nichts anderes übrig bleiben, als uns die Liste zu geben«, sagte Beauvais leise. »Wir können sonst einen richterlichen Durchsuchungsbefehl erwirken. Das wäre für Sie doch noch unangenehmer.«

Hernu schlug die Beine übereinander und faltete erneut seine Hände, schmale, sehr gepflegte Hände. Er glich plötzlich einem Raubvogel. Seine Nase schien spitzer zu werden, seine Lippen schmaler, seine Augen waren ohnehin leicht schräg. »Ich bezweifle, dass Sie diesen Durchsuchungsbefehl bekommen werden, Monsieur ... Verzeihen Sie, dass ich Ihren Dienstgrad nicht kenne.« Hernu sprach sanft, doch etwas Bedrohliches lag in seiner Stimme.

»Warum sollten wir diesen Befehl nicht bekommen?«, fragte Beauvais ebenso ruhig.

»In unserem Land ist die Atomwirtschaft einer der wichtigsten Wirtschaftszweige. Es ist politisch nicht opportun, in Zeiten, da sich die Gegner zusammenschließen, auch noch staatlicherseits gegen Atombetriebe vorzugehen.«

Carla saß ganz still. Ihre Muskeln schmerzten. Sie hatte noch nie einen Industriemanager so deutlich seine Macht ausspielen sehen.

Hernu wandte sich ihr zu und musterte sie kühl. Er ließ seinen Blick über ihre Beine gleiten, die in hellen Lederstiefeln steckten. Carla sah ihm fest in die Augen. Sie war inzwischen hellwach und registrierte jede Bewegung ihres Gegenübers. Ein winziges Lächeln erschien in Hernus Augenwinkeln. Er hatte Carlas Aufmerksamkeit zur Kenntnis genommen.

»Sie müssen verstehen, Madame«, sagte er. »Ich finde es durchaus nicht in Ordnung, wenn bestimmte Firmen Atommüll in der Nordsee versenken. Aber auch das ist mehr ein politisches Problem. Die Zwischen- und Endlagerung dieses Mülls ist noch immer nicht gelöst. Wo werfen Sie denn Ihren Müll hin, wenn die Müllabfuhr streikt? Wahrscheinlich auf die Straße, nicht wahr? Das ist in etwa die Situation vieler Atombetriebe. Sie werden doch nicht im Ernst einen Wirtschaftszweig mit derart vielen Arbeitsplätzen gefährden wollen, einen Teil der europäischen Volkswirtschaft, nur weil jemand ein paar Fässer ins Meer geworfen hat!« Die letzten Worte Hernus klangen wie ein Befehl.

Carla schüttelte den Kopf. »So einfach können Sie es sich nicht machen, Monsieur Hernu«, sagte sie. »Also, bekommen wir die Liste oder nicht?«

Hernu schüttelte den Kopf. »Ich werde mich noch mit den Vizedirektoren beraten, aber ich glaube kaum, dass unsere gemeinsame Entscheidung anders aussehen wird.«

Simoni ging in seinem Büro nervös auf und ab. Carla und Beauvais saßen in den unbequemen Sesselchen und sahen ihm dabei zu. Soeben war ein Anruf der Firma Sécurité gekommen. Man würde die Liste nicht herausgeben. Das sei ein Beschluss des Firmenvorstandes.

»Es wird tatsächlich schwierig sein, einen Richter zu finden, der den Durchsuchungsbefehl ausstellt, da hat der feine Direktor Hernu Recht!« Simoni war aufgebracht. »Sehen Sie, Madame Baran, es ist für unsere Behörde ziemlich einfach, etwas gegen die Verschmutzung der Seine oder gegen jemanden, der Plastikabfälle im Hinterhof verbrennt, zu unternehmen. Aber gegen die Atomwirtschaft in Frankreich etwas zu tun, das gleicht noch immer einer Art nationalem Frevel! Es ist wirklich eine sehr schwierige Situation.« Simoni blickte verzweifelt zu Carla hinüber. Seine Krawatte saß noch schiefer als am Nachmittag, und sein blauer Anzug war zerknautscht.

Carla lächelte ihm zu. »Es ist ganz besonders schwer zu ertragen, dass man so wenig Macht hat, nicht wahr? Mir geht es häufig genauso. Das sind die Momente, in denen man den Beruf an den Nagel hängen möchte.«

Simoni grinste und blieb stehen. »Ich riskiere einiges, wenn ich den Durchsuchungsbefehl zustande bringe, aber meine Karriere ist sowieso nicht sonderlich beeindruckend gewesen.«

Beauvais zuckte die Achseln, und sein Gesicht wirkte gelblich. Simoni dachte nach, ging zum Fenster, sah hinaus und sagte dann: »Scheußlich, die Aussicht hier ist scheußlich. Nichts als Hochhäuser, kalte, leere Plätze. Gott sei Dank gibt es noch erfreulichere Dinge als diese hier.« Er wandte sich um und sah Carla an. »Ich werde es versuchen«, murmelte er halb zu sich selbst. »Ich kenne einen Richter, der es vielleicht macht, vielleicht.«

Carla dachte nach. Es wäre leichter für Simoni, wenn sie ihm von der Leiche in der Tonne erzählen würde. Aber sie wollte nicht, dass Beauvais davon erfuhr. Irgendwie traute sie ihm nicht. Der Zufall kam ihr zu Hilfe, denn Beauvais erhob sich und entschuldigte sich für ein paar Minuten. Carla wartete, bis er das Zimmer verlassen hatte, dann sprang sie auf und stellte sich neben Simoni ans Fenster. »Ich muss Ihnen noch etwas sagen, Monsieur. Ich habe wichtige Informationen zurückgehalten und bitte Sie, die Sache vertraulich zu behandeln, also unter Ausschluss der Öffentlichkeit. Wir haben in der Tonne mit dem radioaktiven Material auch einen Toten gefunden. Einen jungen Mann, der offensichtlich verschwinden sollte.«

Simoni reagierte kaum. Er starrte weiterhin aus dem Fenster und nickte nur leicht mit dem Kopf. »Das wundert mich nicht«, sagte er nach einer Weile leise. »Aber es wird uns sicher dabei helfen, den Durchsuchungsbefehl zu bekommen.«

Simoni trat zum Telefon und wählte eine Nummer, indem er mit den Fingerspitzen die elektronische Tastatur berührte.

»Entschuldigen Sie, Richter«, sagte er laut. »Es tut mir Leid, dass ich Sie zu Hause stören muss, aber es handelt sich um eine dringende Angelegenheit. Kann ich Sie jetzt gleich sehen?« Simoni nickte, verabschiedete sich und legte auf. »Beauvais wird sich um Sie kümmern«, sagte er. »Wir treffen uns in unserem Stammlokal. Sagen Sie ihm das, er weiß dann schon Bescheid.«

Als Beauvais wieder ins Zimmer kam, war Simoni bereits gegangen. Carla gab die Nachricht an ihn weiter.

Beauvais blickte grimmig vor sich hin.

Carla und Beauvais aßen in dem kleinen Speiselokal gegenüber der Kunstakademie, das Simoni als Treffpunkt vereinbart hatte. Nach dem zweiten Aperitif war Carlas Hunger so übermächtig geworden, dass sie nicht mehr auf den Kommissar warten konnte. Sie bestellte Huhn im

Topf, Beauvais wählte Lammkoteletts mit grünen Bohnen. Sie warteten bereits seit zwei Stunden auf Simoni, und das Gespräch mit Beauvais stockte immer wieder.

»Er wird es nicht schaffen«, betonte der Kollege hartnäckig ein ums andere Mal.

»Mein Gott«, sagte Carla schließlich ärgerlich. »Fällt Ihnen denn nichts Originelleres ein? Ich werde jetzt gleich eine Strichliste über Ihre pessimistischen Bemerkungen anlegen!«

Beauvais starrte sie gekränkt an. »Ich sage das nicht, um schlechte Laune zu verbreiten. Ich sage es deshalb, weil ich befürchte, dass Simoni Ärger bekommen wird.«

Er trank einen Schluck Rotwein und stocherte missmutig in den Resten seiner Lammkoteletts herum.

Carla trank ebenfalls von dem hervorragenden Rotwein und schloss kurz die Augen. Warm und säuerlich umspielte der Wein ihre Zunge. Carla hatte einfach keine Lust, sich mit Beauvais herumzustreiten. Sie langweilte sich.

Als sie die Augen wieder öffnete, sah sie Simoni heftig die gläsernen Schwingtüren aufstoßen. Sie seufzte erleichtert. Wenigstens musste sie nun nicht mehr allein mit dem unerfreulichen Beauvais herumsitzen.

Simoni blickte sich kurz um und durchmaß dann mit langen Schritten das Restaurant. Sein offener Mantel wehte hinter ihm her, und er sah sehr zufrieden aus. Er setzte sich auf einen leeren Stuhl und füllte ein Glas mit Wein. Dann prostete er den beiden zu und nahm einen großen Schluck. Seine dunklen Augen, die von unzähligen Falten eingerahmt waren, leuchteten. »Ich habe ihn!«, sagte er triumphierend und hielt ein Blatt Papier hoch.

Carla lachte laut, als sie das fröhliche Gesicht des Kommissars sah. »Gratuliere!«, rief sie.

»Ich würde ihm eher Beileid wünschen«, murmelte Beauvais.

»Was haben Sie denn nur?«, fragte Simoni aufgeräumt. »Sie sind doch noch ein junger Mann, gerade Anfang Vierzig. Man muss etwas riskieren im Leben, sonst lohnt sich alles nicht.«

Er prostete seinem Mitarbeiter zu.

Beauvais hob gequält sein Glas und vermied es, Carla anzusehen.

»So ist es schon besser«, sagte Simoni freundlich zu seinem Mitarbeiter. »Ich werde jetzt ein paar Spaghetti essen, und dann fahren wir zu Sécurité. Ich habe unseren Leuten Bescheid gesagt. In eineinhalb Stunden beginnen wir mit der Durchsuchung. Und ich will verdammt sein, wenn wir die Kundenliste nicht bekommen!«

Carla hielt die große, weiche Ledertasche fest an ihren Körper gepresst. Sie zeigte ihren Ausweis und ließ die üblichen Kontrollen über sich ergehen. Die Maschine aus Paris war vor zehn Minuten in Hamburg gelandet. Carla fühlte sich leicht benommen. Sie hatte am Abend zuvor entschieden zu viel Wein getrunken. Die Simonis waren schuld daran, denn sie hatten mit ihr den gelungenen

Coup gegen Sécurité ausgiebig gefeiert. Madame Simoni war eine rundliche, dunkelhaarige Frau mit lebendigen schwarzen Augen. Sie hatte auf ihren Mann und Carla gewartet und ein köstliches Essen bereitet. Madame Simoni war sehr befriedigt über die spektakuläre Aktion gegen die Firma Sécurité gewesen.

Carla erinnerte sich an ihr schönes Profil mit den straff nach hinten gekämmten Haaren, die in einem dicken Knoten zusammengefasst waren. Sie sah die goldenen Ohrringe vor sich, die an eine Zigeunerin erinnerten, und hörte noch das Lachen, das all die braven Berufsjahre ihres Mannes hinwegfegte. Carla sah aber auch Simoni vor sich, der halb betrunken über dem Tisch lehnte und seine Frau anstarrte, während er sie fragte, was sie denn dazu sage, wenn er vom Dienst suspendiert würde.

»Erstens wird dann Richter Debreil auch gefeuert«, hatte sie gesagt, »und zweitens würde ich das als deine größte Leistung bezeichnen!«

Simoni hatte leise geantwortet: »Dann habe ich dich bisher wahrscheinlich sehr enttäuscht.«

Madame Simoni hatte ihm über das Haar gestrichen und nichts geantwortet. Er war gleich darauf eingeschlafen, und sein Kopf war auf den Tisch gesunken.

Carla hatte die Nacht auf dem schmalen Sofa der Simonis verbracht. Sie dachte mit Grausen daran zurück, denn es war ihr seit Jahren nicht mehr passiert, dass sie Karussell gefahren war. Das Zimmer hatte sich gedreht, immer schneller. Wenn sie die Augen schloss, war sie in einem

gefährlichen Strudel versunken. Kaum hatte sie die Augen wieder geöffnet, hatten die dunklen Mahagonimöbel der Simonis aufs Neue zu tanzen begonnen.
Carla hatte mühsam die Toilette erreicht und sich übergeben. Es war eine beschämende Erfahrung, und sie hatte sich gefühlt wie ein junges Mädchen, das zum ersten Mal betrunken war.
Aber gut, sie hatte es überstanden. Ihre Erinnerungen an die Hausdurchsuchung der Firma Sécurité waren viel weiter von ihr entfernt als das trunkene Ende des Tages. Sie wollte erst später darüber nachdenken. Wichtig war nur, dass sie die Kundenliste in ihrer Tasche trug.
Endlich hatte sie die letzte Kontrolle hinter sich. Suchend blickte sie sich um. Sie hatte Sternberg die Ankunftszeit ihrer Maschine telegrafiert, aber er war nirgends zu sehen. Carla ging unschlüssig auf den Ausgang der Flughafenhalle zu. Ein Mann mit zwei großen Koffern rempelte sie an und entschuldigte sich, indem er sich mehrmals über seinen Koffern verbeugte. Carla schüttelte den Kopf. Sie fühlte sich benommen. Plötzlich aber spürte sie ein eigenartiges Kribbeln in der Wirbelsäule. Zwei Männer kamen direkt auf sie zu und wollten sie in ihre Mitte nehmen. Carla atmete kurz ein und schlug zu, während sie die Luft ausstieß. Einen erwischte sie mit dem Knie, den anderen mit der Handkante.
Trotzdem ging Carla zu Boden.
Die Umstehenden schrien auf. Sie lag auf ihrer Tasche und versuchte ruhig zu atmen. Die Männer lagen neben ihr und trachteten danach, ihr die Tasche wegzunehmen. Carla

rollte sich zusammen und stieß einen mit den Beinen weg. Der andere umklammerte sie plötzlich von hinten. Carla wand sich hin und her, um sich aus seinem Griff zu befreien. Ihr rechter Arm knackte leise.

Er kugelt mir den Arm aus, dachte sie verzweifelt. Aber plötzlich ließ der Druck auf ihren Arm nach, und der Griff löste sich. Carla richtete sich auf und sah die Männer davonlaufen. Die Leute starrten ihnen nach, doch keiner machte Anstalten, sie aufzuhalten. Carla saß auf dem schmutzigen Boden der Flughafenhalle und hielt die Tasche fest an sich gedrückt, als Sternberg sich besorgt über sie beugte.

»Was machst du denn da unten?«, fragte er sie.

»Ich verteidige das Ergebnis meiner Dienstreise«, sagte Carla und reichte ihm die Hand. Sternberg zog sie hoch. Er sah sich um.

»Die sind längst über alle Berge, Herr Kommissar! Du hättest ein paar Minuten früher kommen sollen ... Ist dir wieder die U-Bahn vor der Nase weggefahren?«

»Nein«, antwortete Sternberg verlegen, »aber der Dienstwagen steckte im Stau.«

Er musterte Carla besorgt. Sie hatte dunkle Ringe unter den Augen, sah aber ansonsten sehr vergnügt aus. Sie klopfte auf ihre Tasche. »Hier sind die Listen!«, sagte sie.

»Lass uns lieber schnell zum Wagen gehen, sonst versuchen die noch mal, mir diese kostbaren Papiere zu klauen.«

Sternberg nahm ihren Arm und brachte sie zum Ausgang. Der graublaue Wagen der Kripo stand direkt vor dem

Flughafenportal. Carla ließ sich aufatmend in den weichen Sitz fallen.

Sternberg setzte sich neben sie und betrachtete sie. Carla hielt die Augen geschlossen, während der Wagen langsam anfuhr. Ein junger Kripobeamter saß am Steuer. Sternberg sagte eine Weile lang nichts. Er sah, dass Carla erschöpft war, obwohl er ihren Gesichtsausdruck nicht richtig deuten konnte. Sie sah müde aus und trotzdem sehr zufrieden.

»Also, nun sag doch endlich was«, murmelte er nach einigen Minuten.

Carla öffnete träge ein Auge und sah ihn kurz an. »Hattest du noch nie einen Kater?«, fragte sie.

»Wieso, bitte, hast du einen Kater, wenn du von einer Razzia in der Firma Sécurité kommst?«, fragte Sternberg ärgerlich.

»Ich habe einen Kater, weil ich mit Kommissar Simoni den Sieg über seinen inneren Schweinehund gefeiert habe!«, bemerkte Carla mit Nachdruck.

»Und warum?«, fragte Sternberg und kam sich ziemlich dumm vor.

Carla öffnete auch das andere Auge und setzte sich auf. »Philip, es war einer der aufregendsten Abende, die ich seit langem erlebt habe. Du kennst die Verhältnisse in Frankreich und weißt, wie schwierig es dort ist, gegen die Atomindustrie etwas zu unternehmen. Kommissar Simoni hat es geschafft, innerhalb von zwei Stunden einen Durchsuchungsbefehl gegen Sécurité zu bekommen und außerdem die Durchsuchung auch noch auszuführen, ehe irgendjemand etwas dagegen machen konnte. Er hat es gegen seine eigene Angst gemacht und gegen seinen eigenen Assistenten. Die Firmenleitung war völlig überrascht. Wir kamen mit ein paar Einsatzwagen und sind einfach hineinmarschiert. Direktor Hernu war sehr blass, als er von einem Abendessen herbeieilte, und er stieß finstere Drohungen aus. Aber er konnte nicht verhindern, dass wir die Kundenliste beschlagnahmten. Das Ganze dauerte eine halbe Stunde, dann saßen wir bei den Simonis und feierten. Bis heute Morgen hat uns niemand behelligt, und das war auch gut so, denn Simoni war betrunken und ich auch. Vielleicht hätte uns Madame Simoni mit der Dienstwaffe ihres Mannes verteidigt – vermutlich kann sie so was.«

Carla ließ sich wieder in den Sitz zurückfallen und kniff die Augen zusammen, als ein Polizeifahrzeug mit heulender Sirene an ihnen vorüberfuhr.

»Warum hat er das getan?«, fragte Sternberg nach einer Pause.

»Wer?«

»Simoni! Warum macht er etwas, das er sich bisher offensichtlich nicht getraut hat? Schließlich ist er in einem Land Leiter des Umweltdezernats geworden, das mit Umweltschutz nicht viel am Hut hat.«

»Ich weiß es nicht genau, Philip. Es war so, als dächte er plötzlich über sein Leben nach. Vielleicht hatte es etwas mit dem Unwetter zu tun, vielleicht auch mit ganz persönlichen Gründen. Ich weiß es nicht.«

»Und was hast du dazu beigetragen?«, fragte Sternberg.

»Hast du den armen Kerl moralisch in die Enge getrieben?«

Carla runzelte die Stirn. Dann erwiderte sie: »Nein, Philip Sternberg! Das habe ich nicht. Es ist nicht meine Aufgabe, einen Kollegen moralisch in die Enge zu treiben, wenn es ihn in ernsthafte Schwierigkeiten bringt ... Er hat es ganz freiwillig getan.«

Der Wagen hielt im Hof der Hamburger Polizeizentrale. Sie stiegen aus und fuhren mit dem Lift zu Brinkmanns Büro hinauf. Sternberg bat die Sekretärin um Kaffee, dann beugten sie sich über die Listen, die Carla mitgebracht hatte, und verglichen sie mit den Unterlagen aus München.

Sternberg legte einen Finger auf das Papier und las sorgfältig einen Namen nach dem anderen. Er versuchte sich Informationen ins Gedächtnis zu rufen, die er in den letzten Jahren aufgenommen hatte. Seine Augen blieben immer wieder an französischen Firmennamen hängen. Aber er zögerte. Es schien ihm alles zu schlüssig zu sein. Aber vielleicht war der Tote tatsächlich Algerier und von Mitarbeitern einer französischen Atomfabrik in die Tonne gesteckt worden ...

Carla gähnte verstohlen.

»Du hast offensichtlich gewaltig Überstunden gemacht«, spottete Sternberg.

»Gehen wir eigentlich zu der Pressekonferenz von Greenpeace?«, fragte Carla.

»Nein, es ist besser, wir treten dort nicht in Erscheinung. Ich bin zur Zeit sowieso nicht sicher, ob wir auf dem richtigen Weg sind. Dieser Fall ist verdammt kompliziert. Es wäre einfacher, bei der Kripo zu arbeiten. Aber bei uns weiten sich die großen Fälle immer zu internationalen Ratespielen aus. Was haben wir? Ein Fass, ein paar Klamotten und eine Leiche, die niemand vermisst. Das ist die absolute kriminalistische Katastrophe.« Er versenkte beide Hände in die Taschen seiner Jacke. Sein Rücken schmerzte, und deshalb zog er die Schultern hoch.

»Wir sollten nachprüfen lassen«, sagte Carla, »ob bei einer der Atomfabriken, die wir auf der Liste haben, ein Arbeiter vermisst wird oder, was noch wahrscheinlicher ist, die Familie eines Gastarbeiters mit einer Abfindung in die Heimat zurückgeschickt wurde.«

Sternberg nahm die Hände aus den Taschen und reckte vorsichtig erst die linke, dann die rechte Schulter. »Eine schöne Aufgabe für Brinkmann und seine Männer!« Er lächelte müde, dann ging er entschlossen ins Nebenzimmer, wo Brinkmann an seinem Schreibtisch saß.

Carla beobachtete die beiden durch die offene Tür. Sie konnte nur wenig von dem Gespräch verstehen, weil die Bagger vor dem Gebäude wieder in voller Aktion waren. Aber sie konnte erkennen, dass Brinkmann nicht begeistert war. Er gestikulierte mit beiden Händen, fuhr sich durchs Haar, schob aufgeregt seine Brille hin und her.

Sternberg war nur von hinten zu sehen. Er zuckte bedauernd die Schultern und breitete verzweifelt die Arme aus.

Dann drehte er sich um und kam zurück.

»Wird erledigt«, stellte er sachlich fest und kniff beide Augen zu.

Das Telefon summte, und Sternberg nahm den Hörer ab, ehe Carla ihn erreichen konnte.
»Aha«, sagte er und mehrmals »hm«, schließlich »bis gleich, wir kommen vorbei.« Dann wandte er sich an Carla: »Die Pressekonferenz bei Greenpeace hat stattgefunden. Es waren viele Journalisten da. Die Verbreitung der Nachricht wird also breitflächig sein. Außerdem haben die Greenpeacer noch etwas für uns, aber das wollten sie am Telefon nicht sagen. Also los, wo ist deine Jacke?«
Sternberg blickte sich suchend um, entdeckte dann Carlas Lederjacke auf einem Stuhl und warf sie ihr quer durchs Zimmer zu.
Carla fing sie im letzten Moment auf.
»Reaktion nach versumpfter Nacht einigermaßen zufriedenstellend«, bemerkte Sternberg, und Carla zog eine Grimasse.

Als Carla und Sternberg das Greenpeace-Haus betraten, begegneten ihnen ein paar Journalisten, in kleinen Gruppen diskutierend und offensichtlich interessiert an den Neuigkeiten, die sie soeben erfahren hatten.
Die Greenpeacer waren alle im Büro und in dem kleinen Konferenzzimmer versammelt. Carla lächelte unwillkürlich, als sie diesen Raum mit der Ausstattung von Sécurité verglich: ein großer, zerkratzter Holztisch, billige Stühle, ein paar Poster an den Wänden. Überall lagen Stapel von Broschüren oder halb ausgepackte Kartons herum. Trotz-

dem war Greenpeace auf seine Weise mindestens so erfolgreich wie die Firma in Paris.
Steven kam ihnen entgegen. Er wirkte sehr zufrieden. Die Gläser seiner runden Brille blinkten. »Es ist hervorragend gelaufen und wird sicher viel öffentliches Aufsehen erregen. Aber da ist noch etwas.« Er sah sich prüfend um, ob wirklich keiner der Journalisten zurückgeblieben war. Dann nickte er und fuhr fort: »Anne hat vorhin einen anonymen Anruf bekommen. Da haben irgendwelche Leute beobachtet, wie in Ostende ein Schiff nachts mit schwarzen Tonnen beladen wurde. Vielleicht ist es eine Spur. Wir haben in Belgien eine Menge aktiver Leute, die werden das sofort nachprüfen – dazu brauchen wir keine Polizisten.«
»Aha«, erwiderte Sternberg und strich über seinen Schnurrbart.
»Oder sind Sie anderer Meinung?«, fragte Steven und nahm seine Brille ab.
»Nein, nein, ist schon in Ordnung.«
»Gut, dann lasst uns alles besprechen, was für die Aktion der *Strandflieder* noch nötig ist.«
Steven ging voran.
Sie zogen sich mit Kaffee und Mineralwasser in ein Zimmer im fünften Stock zurück. Sternberg fühlte eine merkwürdige Erregung. Er erinnerte sich an die tagelangen Diskussionen vor jeder Greenpeace-Aktion, die er vor Jahren mitgemacht hatte. Jede mögliche Panne, jeder einzelne Handgriff war genau durchgesprochen worden.
Piet war da und Anne, die Maschinistin Petra, der Ingeni-

eur und Steven. Sie diskutierten, wo die *Strandflieder* ihren Liegeplatz nehmen sollte – in Norddeich oder auf Juist.

»Juist ist überschaubarer. Außerdem brauchen wir nicht viel: bloß Lebensmittel und genügend Dieselkraftstoff. Juist ist eine Touristeninsel – es wird deutlich werden, dass diese Tonnen den Urlaub an der Nordsee gefährden. In Norddeich kommen zwar mehr Leute an, weil dort auch die Fähren nach Norderney und Baltrum ablegen und ankommen. Doch es ist vielleicht auch zu viel Trubel. Eventuelle Angreifer haben mehr Möglichkeiten zu verschwinden«, meinte Steven.

»Aber in Norddeich sehen mehr Leute die *Strandflieder* und erfahren direkt was von unserer Suche nach den Tonnen«, setzte Anne dagegen.

»Das erfahren sie schon aus der Zeitung und vom Fernsehen, und das reicht in diesem Fall«, entgegnete Steven.

So debattierten sie Stunde um Stunde. Schließlich einigten sie sich auf den Standort Juist, weil sie die Tonne vor Juist gefunden hatten und die Bevölkerung ihnen damals sehr freundlich gesonnen war.

Die *Strandflieder* sollte von Juist aus das Watt nach weiteren Fässern absuchen und Exkursionen in die offene See machen, wenn das Wetter es zuließ. Geigerzähler waren an Bord.

»Die *Strandflieder* ist ein gut ausgerüstetes Schiff, und wenn wir etwas finden können – falls da noch mehr ist –, dann sicher mit diesem Schiff«, stellte Piet selbstbewusst fest und nickte bekräftigend zu seinen Worten.

Sternberg und Carla sollten zunächst auf Juist bleiben, um die Insel zu überprüfen und Messungen vorzunehmen.
Es war später Nachmittag, als sie endlich alles besprochen hatten. Carla fühlte sich schwindelig nach all den Diskussionen. Sie hatte das dringende Bedürfnis, endlich zu schlafen.
»Habt ihr damals auch so viel geredet?«, fragte sie Sternberg, als sie endlich die Treppen hinuntergingen.
»Immer und tagelang«, erwiderte er. »Aber es klappte hinterher auch alles wie am Schnürchen.«
Carla schüttelte den Kopf, um ihre Müdigkeit unter Kontrolle zu bringen. »Also gut, dann kaufen wir uns jetzt Seemannspullover und Gummistiefel. Schließlich habe ich keine Lust zu frieren. Außerdem bin ich nicht sicher, ob ich auch seefest bin. Wahrscheinlich wird mir an Bord dauernd schlecht bei diesem Wetter.«
»Mach dir nichts draus. Ich wurde bei den ersten Aktionen auch immer seekrank. Dafür haben alle Verständnis.«

Am Nachmittag des folgenden Tages setzten Carla und Sternberg mit dem Fährschiff *Frisia 2* auf die Insel Juist über. Die Nordsee schien zu kochen, dabei waren die Wellen nicht sonderlich hoch. Kleine schäumende Strudel überzogen die Wasseroberfläche.
Das Fährschiff näherte sich dem langen, flachen Stück Land in merkwürdigem Zickzackkurs. Erst hielt es auf

Norderney, die Nachbarinsel, zu, dann näherte es sich einer Art Sandbank, die Juist vorgelagert ist und in deren Mitte sich eine riesige Düne erhebt. Danach nahm es eine scharfe Kurve und steuerte wieder auf das Festland zu, dessen Baumreihen wie seltsame Erscheinungen über der Wasserfläche schwebten. Schließlich bewegte es sich, den Markierungspfählen folgend, in Schlangenlinien an der Insel entlang. Die sanften grünen Dünenhügel von Juist sahen aus wie etwas höhere Wellen in der Weite der Meerlandschaft. Winzige Häuser drängten sich in der Inselmitte zusammen.

Carla beobachtete das Spiel der Wolkenschatten auf dem Wasser und über der Insel. »Irgendwie fühl ich mich klein«, sagte sie zu Sternberg, der neben ihr an der Reling lehnte.

Er lächelte ihr zu. »Das ist die Gegend der Welt, wo man Vogel sein muss, um sie ausfüllen zu können. Das Gleichgewicht ist gestört. Als erdgebundener Mensch fühlt man sich wirklich ganz unten.«

Sie schauten wieder über die bräunlichen Wasserstrudel zur Insel hinüber. Die Hafenmauer tauchte auf. Sie war weit ins Wattenmeer hineingebaut worden. Viele kleine Segelschiffe lagen in der künstlichen Bucht vor Anker.

Laut tutend näherte sich das Fährschiff dem Anleger. Die Schiffsschraube wirbelte noch einmal das Wasser auf, als das Schiff schwerfällig drehte und dann an der Hafenmauer festmachte. Neben dem Hafengebäude warteten ein paar Menschen und wenige Pferdewagen.

Sternberg und Carla verließen das Schiff über das Fallreep und gingen mit ihren Koffern aufs Dorf zu. Der Weg führte sanft bergauf bis zum Deich und dann wieder leicht bergab zum Dorfplatz, in dessen Zentrum der Pavillon für die Kurkapelle stand. Ein paar zerzauste Rosenstöcke fassten den Rasenplatz ein. Die Häuser wirkten sehr klein und waren aus roten Klinkersteinen gebaut. Alles machte einen ausgesprochen ordentlichen Eindruck.

»Ich war als Kind ein paar Mal mit meinen Eltern hier. Bin neugierig, was sich alles verändert hat in den Jahren«, sagte Sternberg gegen den Wind.

Mit klappernden Hufen trabte ein Doppelgespann an ihnen vorbei, einen Wagen mit Koffern hinter sich herziehend. Es waren zwei prächtige dunkelbraune Pferde, deren buschige Mähnen und Schweife im Wind wehten.

»Gibt es keine Autos hier?«, fragte Carla.

»Nein, nur der Arzt und die Feuerwehr haben Autos. Selbst der Dorfpolizist fährt Fahrrad. Aber es gibt jede Menge Kutschen und Pferde.«

»Hoffentlich können wir lange hier bleiben«, meinte Carla und betrat mit Sternberg ihr Quartier.

Kurz darauf trafen sie sich wieder an der Theke des Gastraums und bestellten Bier.

»Eigentlich wäre es jetzt ganz schön, ein paar Tage Urlaub zu haben«, meinte Carla.

»Strandwanderungen werden wir ganz bestimmt machen können. Schließlich müssen wir den Strand dienstlich überprüfen. Und außerdem würde ich dir gern die Insel zeigen ...«

In diesem Moment stellte sich ein kleiner alter Mann neben sie an die Theke und stützte sich mit beiden Ellbogen auf. Er trug eine Prinz-Heinrich-Mütze, unter der sein gelblichweißes Haar ein wenig borstig hervorlugte. Sein Gesicht war bleich und faltig, seine Augen wirkten fast farblos. Der Mann sah aus, als sei er in ein Becken mit Bleichmittel gefallen. Er hatte eine große, spitze Nase, die zu markant für die zierliche Gestalt war.

»Mojn«, sagte er und bestellte ein Pils und einen Korn.

»Aha«, flüsterte Sternberg. »Daher die gelbliche Gesichtsfarbe.«

»Na, noch 'n büschen Luft schnappen auf unserer Insel?«, sagte der Alte und prostete Carla mit dem Schnaps zu, den die Kellnerin blitzschnell vor ihn hingestellt hatte.

»Ja, ja.« Carla nickte und hob ihr Bierglas. »Noch ein bisschen Luft schnappen, bevor der Winter kommt.«

»Hoffentlich haben Sie Glück mit dem Wetter. Aber es soll ja man besser werden, hat das Radio gesagt!«

»War auch lang genug schlecht«, mischte sich die rundliche Bedienung ein, deren Gesicht rosig schimmerte.

»Jou!«, sagte der Alte lebhaft. »Was es da wieder alles unten am Strand angeschwemmt hat, unglaublich. Mein Bruder war heute Morgen unten. Sieht schlimm aus, sagt er.«

»Jou, wir kriegen wieder den ganzen Schiet, den die anderen ins Meer kippen!« Die Bedienung nickte bestätigend und polierte nebenbei mit einem Lappen die Messingteile der Theke.

»Is schlimm«, bekräftigte der Alte nochmals und trank seinen Schnaps aus. »Aber manchmal is auch was Brauchbares dabei!« Er kicherte und schob schwungvoll seine Mütze in den Nacken. Dann lehnte er sich zu Carla und Sternberg hinüber.

»Sie müssen wissen«, sagte er in vertraulichem Ton, »früher haben die Leute hier von dem gelebt, was so angeschwemmt wurde. Und wenn ein Schiff strandete, dann war nach ein paar Tagen nicht mehr viel davon übrig. Strandräuberei wurde das genannt, aber für meinen Urgroßvater und für meinen Großvater war es ein Geschenk des Meeres. Das Meer nahm viel, aber es gab auch etwas. So eine Art natürlicher Ausgleich, nicht?« Er lachte meckernd und griff schnell nach dem Pils, das endlich vor ihn hingestellt worden war.

»Weißt du, Jens«, sagte die Bedienung, »ihr Alten habt schon eine komische Auffassung! Das gehört doch jemand, so ein Schiff. Das kann man doch nicht einfach wegnehmen!«

»Ihr Jungen ...«, rief Jens, keineswegs beleidigt. Er zwinkerte Carla und Sternberg zu. »Ihr habt das ja nu auch nicht mehr nötig mit der Strandräuberei. Ihr habt ja nu die Touristen, die ihr ausräubern könnt.«

Er nahm schnell sein Bier und verzog sich in eine Ecke des Gastraums, als fürchte er, verjagt zu werden. Das rosige Mädchen war rot angelaufen und sagte zu ihren Gästen: »Sie dürfen nicht auf ihn hören. Jens erzählt immer nur Unsinn, das kommt vom vielen Korn. Er fängt ja auch schon morgens an.«

»Ich find interessant, was Jens erzählt.« Carla lachte und hob ihr Bierglas.

»Wir sollten gleich zum Strand gehen«, sagte Sternberg plötzlich zu Carla. »Vielleicht hat der Sturm etwas für uns angeschwemmt. Und wir müssen auch den Dorfpolizisten einschalten. Der freut sich wahrscheinlich, wenn er mal eine interessantere Aufgabe hat, als immer bloß rauszukriegen, wer wieder die Toiletten auf der Promenade demoliert hat. Wir können ihm ja beibringen, wie man mit einem Geigerzähler umgeht.«

»Wie lang ist denn der Strand?«

Sternberg lächelte spöttisch. »Die Insel ist fünfzehn Kilometer lang – wir müssen also mindestens vierzig bis fünfzig Kilometer Strand absuchen, und dazu kommt noch der Billsand. Das ist die Sandbank im Süden. Die ist auch noch mal ein paar Kilometer lang und ein paar Kilometer breit.«

Carla stieß ihn in die Seite. »Dann lass uns anfangen! Was stehen wir hier rum?«

Zehn Minuten später machten sich Carla und Sternberg auf den Weg zum Strand. Sie trugen Gummistiefel, dicke Pullover und Windjacken. Und sie hatten zwei Geigerzähler in den Taschen.

Die Straße zum Strand war mit dicken Steinen gepflastert, links und rechts zogen sich Geschäfte und Restaurants den Dünenhügel hinauf. In den Auslagen der Andenkenläden wurde Bernstein angeboten, der am Strand gefunden wurde.

Hinter der Dünenkrone erreichten Carla und Sternberg

das alte Kurhotel – riesig und altmodisch –, dessen weißer Wandputz abblätterte. Wie ein Wahrzeichen der Insel ruhte das Hotel auf den Dünen, weithin sichtbar von See aus, ein Baudenkmal der Jahrhundertwende.

Vor dem Hotel fielen die Dünen steil zum Meer ab. Ein Stück Sand trennte es von der See, die endlos und schaumgekrönt den Horizont bis zu den tief hängenden Wolken füllte. Die Luft war voll winziger Tröpfchen, die die Gesichter von Carla und Sternberg benetzten. Die Sturmflut der letzten Tage hatte alle Überreste sommerlichen Strandlebens weggefegt. Zwei, drei Wanderer liefen am Brandungsdamm entlang, sonst war alles leer.

Carla blieb am Beginn des Bohlenwegs stehen, der zum Strand hinunterführte. Sie atmete tief ein und schaute vorsichtig auf das bedrohlich riesige Meer hinaus. Sie warf einen Blick zurück auf das Hotel. Plötzlich erschien es ihr wie ein zerbrechliches menschliches Zeichen, das irgendwann von einer riesigen Welle verschlungen werden würde, wie die Sandburgen der Urlauber.

»Komm«, sagte Sternberg, fasste ihren Arm und lief mit ihr über den schmalen Holzsteg zum Strand hinunter.

»Links oder rechts?«, fragte Carla keuchend, als sie am Fuß der Dünen angekommen waren.

»Links rum!«, rief Sternberg gegen den Wind, der auf dieser Seite der Insel plötzlich stärker blies.

Am »offiziellen« Strand hatten die Strandwächter den Müll abtransportiert, um den Kurgästen die Illusion eines sauberen Meers zu bieten. Ein paar Hundert Meter weiter südlich begann der natürliche Strand. Sternberg fühlte

Jagdfieber in sich aufsteigen. Als Kind war er hier herumgelaufen und hatte seltene Muscheln, die Eier der Wellhornschnecke und des Katzenhais gesucht. Seine Augen begannen jede Einzelheit des Strandguts wahrzunehmen – Taue, Nylonnetze, in denen sich Krebse verfangen hatten, muschelbesetzte Balken und Holzteile, in die Bohrmuscheln ihre geheimnisvollen Muster gegraben hatten. Er sah Glühbirnen, halbe Stühle, Obstkisten, Dosen und Flaschen, dazwischen die Gehäuse der Meerschnecken und Schwertmuscheln.

Nach einer Weile nahm Carla ihren Geigerzähler aus der Jackentasche und führte ihn an den angeschwemmten Gegenständen entlang. Er zeigte die leicht erhöhten Werte, die seit der Reaktorkatastrophe von Tschernobyl normal waren.

Nach einer Stunde intensiver und fast begeisterter Suche am Strand setzten sich die beiden auf eine große Kiste und sahen dem Einsetzen der Ebbe zu. Das Wasser kroch mit großer Geschwindigkeit davon, hinterließ reißende Bäche, die versuchten, es einzuholen. Wütend wollte die Brandung wieder Fuß fassen, aber sie sackte kläglich in sich zusammen, als hätte ihr jemand den Boden unter den Füßen weggezogen.

»Das ist doch alles lächerlich«, sagte Carla plötzlich, nachdem sie eine Weile fasziniert dem Verschwinden des Meers zugesehen hatte.

»Was?«, fragte Sternberg verblüfft.

»Was wir hier machen!«, antwortete sie und leckte sich über die Lippen. Sie schmeckten nach Salz.

»Natürlich«, sagte Sternberg sanft. »Aber es macht Spaß! Sieh mal, morgen, wenn alle Zeitungen berichten, dass Greenpeace hier eine Tonne gefunden hat, können wir die Suche mit Hilfe der Wasserschutzpolizei an der ganzen Inselkette aufnehmen. Außerdem werden wir auch die Holländer informieren und ordentlich Wirbel machen. Ich habe während deiner Abwesenheit alles vorbereitet. Schade, dass du nicht auf meinen Einsamer-Kämpfer-Bluff hereingefallen bist.«

Carla hob einen Klumpen Seetang auf, in dem sich einige riesige Miesmuscheln festgesetzt hatten, und zielte auf Sternberg.

»Nicht!«, rief er und duckte sich. »Oder miss das Zeug erst, bevor du nach mir wirfst ...«

Carla lachte und holte das Gerät aus ihrer Tasche. Sie begann den Klumpen zu untersuchen.

Sternberg beobachtete sie. »Was ist denn?«, fragte er, nachdem sie immer und immer weiter maß.

Sie ließ den Seetang fallen und sah Sternberg mit erschrockenem Blick an. Er stellte sich neben sie und blickte auf die Anzeigenskala ihres Geräts. Es zeigte 55 000 Becquerel!

»Vielleicht ist es defekt«, sagte er und holte seinen Geigerzähler heraus. Der zeigte ebenfalls 55 000 Becquerel.

»Da haben wir's«, sagte Carla nach einer Weile. »Da draußen ist also noch mehr von dem Zeug. Und es ist nicht dicht!«

Die *Strandflieder* lief noch am gleichen Abend im Hafen von Juist ein.
Carla und Sternberg standen am Kai und beobachteten, wie das Schiff festmachte. Piet war der Erste, der zu ihnen herüberkam. Er schüttelte Carla kräftig die Hand und lächelte sein Chinesenlächeln.
Carla betrachtete ihre Hand. Sie hatte sie zehnmal kräftig geschrubbt und gewaschen, aber sie wurde das Gefühl nicht los, dass ihre eigene Hand eine Art Bedrohung darstellte. Radioaktivität gehörte für Carla zu den unheimlichsten Erscheinungen, die es auf der Welt gab. Weil alles äußerlich völlig normal blieb – die Sonne, die Luft, der Regen, auch der Klumpen Seetang mit den schwarzen, glänzenden Muscheln.
»Was ist denn?«, Piets Lächeln war verschwunden, sein Gesicht hatte einen besorgten Ausdruck angenommen.
»Nichts – ich hatte nur einen Anfall von Panik.«
»Und warum?«
»Wir haben heute Nachmittag ein Stück Tang gefunden, das erheblich erhöhte Werte aufwies. Das heißt, die Tonne hat wirklich eine Bedeutung.«
Piet schüttelte den Kopf und scharrte mit dem Turnschuh auf dem Boden. »Dann sind die versenkten Tonnen tatsächlich nicht dicht, oder irgendwelche Behälter, die früher einmal versenkt wurden, sind inzwischen durchgerostet ...«
Sein Gesicht zeigte für kurze Zeit einen hilflosen Ausdruck, dann lächelte er Carla wieder an. »Kann verstehen, dass Sie das aufregt«, sagte er.

Inzwischen waren auch die anderen Besatzungsmitglieder der *Strandflieder* an Land geklettert.
»Zwei bleiben als Wache an Bord, der Rest hat für zwei Stunden Landurlaub«, sagte Piet ruhig.
Der Ingenieur und ein junges Mädchen, das Carla und Sternberg bisher noch nicht gesehen hatten, blieben an Bord zurück.
»Wer ist das?«, fragte Sternberg die Maschinistin Petra.
»Wer?«
»Das Mädchen an Bord. Sie kommt mir ziemlich jung vor. Ist sie auch Greenpeacerin?«
Petra blickte kurz zum Schiff zurück, während sie neben Sternberg zum Dorf ging.
»Das ist nicht so einfach zu erklären«, sagte Petra ein wenig undeutlich und verzog unwillig das Gesicht.
Sternberg sah, dass ein dunkler Streifen Schmieröl ihre Wange zierte. »Darf ich mal?«, fragte er und zückte sein Taschentuch.
Petra hielt still, er rubbelte. »Wissen Sie, das Zeug krieg ich nie ganz ab«, sagte sie ein bisschen verlegen. »Aber das gehört auch zu meinem Job.«
»Also, wer ist das Mädchen? Gehört sie zur Crew?«
»Ja, sie gehört zur Crew. Sie ist sozusagen der Schiffsjunge und wird gerade angelernt.«
»Ist sie schon lange bei euch?«
»Na ja, ein paar Wochen. Sie ist gerade achtzehn geworden und will alles von Grund auf lernen.«

»Und da nehmt ihr sie auf so eine relativ gefährliche Unternehmung mit?«

»Die ist auch nicht gefährlicher als andere Aktionen. Britta ist engagiert und zuverlässig. Außerdem hat sie eine Menge Mut. Warum fragen Sie so? Kommt mir wie ein Verhör vor.«

»Wir hatten die Aktion in Hamburg genau durchgesprochen, auch die Leute, die dabei mitmachen – von Britta war nicht die Rede«, erwiderte Sternberg.

»Aber sie ist zuverlässig. Wenn sie nicht in Ordnung wär, hätten wir sie nicht mitfahren lassen.« Petras Stimme klang gereizt.

Sternberg fragte nicht mehr weiter.

Gemeinsam folgten sie den anderen zum Bahnhofsrestaurant, das gleich hinter dem Deich lag und seinen Namen von der kleinen Inselbahn hatte, die einst den Hafen mit dem Dorf verband.

»Wir schließen um acht!«, rief der Wirt von der Theke her, als sie eintraten.

»Das reicht wohl noch für ein Bier«, antwortete Piet entschlossen, und sie setzten sich.

Der Wirt tauchte hinter einer Wolke von Zigarettenqualm auf. Sein Gesicht war leicht aufgedunsen und gerötet. Er sah aus, als trinke er selbst gern von seinem reichhaltigen Schnapsangebot. Sie bestellten, und als der Mann wieder hinter dem Tresen verschwunden war, eröffnete Sternberg den Greenpeacern seinen Plan, die gesamten Inselküsten absuchen zu lassen und auch auf dem offenen Meer nachzuforschen.

»Weiß das die Zentrale?«, fragte Piet.

Sternberg grinste. »Natürlich! Keine Bange, ich kenne

euch doch – ohne Zentrale geht gar nichts. Ich habe vor eurer Ankunft mit Hamburg telefoniert. Alle sind einverstanden. Wir müssen einfach Klarheit darüber gewinnen, ob die Fässer tatsächlich leck sind und ob noch irgendwo erhöhte Werte auftreten. Es besteht die Gefahr einer Verseuchung der Küsten und Gefahr auch für den Fischfang und die Krabbenkutter.«

»Alles klar«, meinte Piet. »Allerdings wird dann unsere Lockvogelmasche nicht mehr viel bringen. Schließlich erfahren die Verursacher mit Sicherheit, dass hier die ganze Küstenwache mit Geigerzählern unterwegs ist.«

»Die werden nicht ewig unterwegs sein – das ist viel zu teuer«, warf Carla ein. »Danach werdet ihr schnell wieder die Einzigen sein, die beharrlich weitersuchen.«

»Klingt ziemlich unwahrscheinlich, aber wir sind ja Spezialisten für unwahrscheinliche Aktionen«, sagte Piet.

»Morgen früh beginnt an den Küsten der Ostfriesischen Inseln die Suche nach radioaktiven Teilen, Tonnen, angespültem Müll. Wir haben Juist übernommen – gemeinsam mit dem Dorfpolizisten, der auch noch hier erscheinen wird.« Sternberg sah Carla an.

»Denn man lous«, sagte Piet und lächelte wieder. »Ich mach mit – ich wandre sowieso gern.«

Kurz darauf wurde die Tür aufgestoßen, und ein Mann kam eilig herein. Polizeimeister Petersen war sofort zu erkennen. Er trug seine Uniform und nahm beim Eintreten die Mütze ab, als fürchte er, am Türrahmen anzustoßen. Er war ein großer Mann. Sein Gesicht war breit und rosig wie die Gesichter fast aller Inselbewohner. Er hatte dunkles, glatt zurückgekämmtes Haar. Sein Körperumfang war eindrucksvoll.

Philip Sternberg erhob sich und ging Petersen entgegen. »Guten Abend, Herr Petersen. Darf ich Ihnen die Besatzung der *Strandflieder* vorstellen? Das Schiff liegt seit einer halben Stunde im Hafen.«

»Mojn«, sagte Petersen. »Ich hab das Schiff schon gesehen. Schönes Schiff, und von Greenpeace hab ich in den letzten Jahren auch eine Menge mitgekriegt. Schließlich wart ihr immerzu auf der Nordsee und im Watt zugange.« Er drehte die Dienstmütze in seiner Hand. »Ihr habt doch erst kürzlich hier angelegt, wie ihr eure Wattuntersuchungen gemacht habt?«

»Ja, das waren wir«, antwortete Petra.

Der Dorfpolizist nickte und legte seine Mütze auf den Tisch, nachdem er einen Wasserfleck fortgewischt hatte. »Kommissar Sternberg hat mir heute Nachmittag alles erzählt«, sagte er nachdenklich. »Schlimme Sache. Wenn das nun wieder anfängt mit der Radioaktivität, jetzt, wo es endlich ein bisschen besser ist nach Tschernobyl und wir unsere Brombeeren und Sanddornbeeren wieder essen können ...« Petersen schüttelte bedrückt den Kopf, »... also, dann weiß ich auch nicht mehr, wo es langgehen soll auf dieser Welt.«

Am nächsten Morgen begann die Suchaktion vor den Ostfriesischen Inseln. Alle verfügbaren Küstenwachboote, Seenotrettungskreuzer und Hubschrauber wurden eingesetzt und suchten die Küstengewässer und Strände nach weiteren Tonnen ab. Die Aktion wurde über Radio Norddeich, das normalerweise für Seerettung zuständig ist, vom Leiter der Wasserschutzpolizei Ostfriesland geleitet.

Dutzende von schnellen, kräftigen Schiffen durchpflügten die Nordsee. Das Wetter war besser geworden, der Wind hatte auf Nordost gedreht und wehte nur noch mit Stärke vier bis fünf. Auf allen Inseln suchten Polizisten und Feuerwehrleute, unterstützt von freiwilligen Helfern, die Strände ab. Alle verfügbaren Geigerzähler der ostfriesischen Polizei und der Feuerwehren waren im Einsatz.

Sternberg und Carla blieben auf Juist und schlossen sich dort einer Strandexpedition an. Auch Britta, das Mädchen von der *Strandflieder*, und Piet, der Skipper, waren dabei. Sie bildeten zusammen mit Juister Feuerwehrmännern eine Gruppe von zwanzig Menschen, die den südlichen Teil der Insel absuchen sollten. In einer lockeren Kette verteilten sie sich vom Dünenrand bis zum Wasser.

Es herrschte Ebbe, und an manchen Stellen waren große Seen zurückgeblieben, deren Wasser so klar war, dass man jede Einzelheit auf dem Grund erkennen konnte. Die Sonne schien, und es war einer jener durchsichtigen Herbsttage an der Nordsee, an denen man meint, bis ans Ende der Welt sehen zu können. Auf den Dünen leuchteten orangerot die Beeren der Sanddornbüsche zwischen dem

Silbergrün des Strandhafers. Der Wind bog die langen, harten Halme, und wellenartige Bewegungen liefen über die dicht bewachsenen Hügel. Hier und dort ragten halb tote Bäume auf, verkrüppelt und vom Meer weggeneigt. Auf der dem Land zugewandten Seite waren die meisten von ihnen noch grün.

Sternberg blieb immer wieder stehen und lauschte den Schreien der Seevögel. Dutzende von winzigen Strandläufern und Regenpfeifern trippelten am Rand der Brandung entlang, flogen kurz auf, wenn die Strandwanderer ihnen zu nah kamen, und ließen sich ein paar Meter weiter wieder nieder, um nach Nahrung zu suchen.

Am Horizont war eine endlose Kette von Frachtschiffen unterwegs, als gäbe es dort eine unsichtbare Straße.

Carla ging am Dünenrand entlang. Hier wütete das Meer besonders heftig gegen die Insel an. Im Norden der Insel hatten sich die Sandhügel sanft vom Strand erhoben, jetzt bröckelten sie, zeigten steile Abbrüche, die von Reisigzäunen dürftig gestützt wurden. Im Süden fraß die Nordsee das Land – bei jeder Sturmflut ein kleines Stück mehr. In einer fast ordentlichen Linie lag das Strandgut vor den Dünen: Plastikmüll, Dosen, Flaschen, Paletten, Kisten und Kanister. Carla bückte sich nach einer merkwürdig geformten Glühbirne, die kyrillische Buchstaben trug. Sie hatten inzwischen Milchtüten aus sechs verschiedenen Ländern gefunden. Unter einer Kiste lugte ein Foto hervor.

Carla hob das Bild auf. Es zerbröckelte am Rand und war ausgebleicht vom Salz. Auf ihm war nur ein Mensch deutlich zu erkennen: ein Mann im Smoking, der erstaunt in die Kamera blickte.

Immer wieder prüfte sie das Strandgut mit dem Geigerzähler, aber bisher waren alle Werte ziemlich normal gewesen. Sie ließ den Blick über den glänzenden Sand gleiten und massierte dabei ihren Nacken, der zu schmerzen begann, weil sie ununterbrochen auf den Boden gestarrt hatte. Dann sah sie zu Sternberg hinüber, der neben Britta ging, und dachte an das Telefongespräch mit Simoni, das sie am Morgen geführt hatte. Simoni war der Meinung gewesen, der Überfall auf dem Flughafen sei von Leuten der Firma Sécurité inszeniert worden. Und er hielt die Aktion für dumm, denn schließlich musste Sécurité davon ausgehen, dass die Listen fotokopiert worden waren.

»Imponiergehabe!«, hatte er verächtlich ins Telefon gerufen. Ihm selbst bereitete diese Angelegenheit inzwischen erhebliche Schwierigkeiten, denn Direktor Hernu hatte sich beim Innenministerium, bei der Atombehörde und beim Polizeipräsidenten beschwert. Simoni und Richter Debreil würden in den nächsten Tagen vor einen Sonderausschuss gerufen werden ...

Mit brüllenden Düsen rasten drei Kampfflugzeuge über die Insel hinweg, bösartigen Hornissen gleich und innerhalb von Sekunden so schnell verschwunden, wie sie aufgetaucht waren.

 Nur ein unbestimmtes, dumpfes Grollen blieb noch ein paar Minuten lang in der Luft.

Piet kam zu Carla herübergestapft und massierte seine

Ohren. »Manchmal muss ich mir alle schönen Dinge auf der Erde aufzählen, um den Rest verkraften zu können«, sagte er.

Carla lächelte. »Das ist eine gute Anti-Horror-Methode. Ich werde sie mir merken.«

»Ich habe weiter unten ein paar Lappen gefunden, bei denen mein Geigerzähler zu ticken anfängt«, sagte Piet. »Halten Sie Ihren doch auch mal dran.«

Carla folgte ihm. Der Sand knirschte unter ihren Gummistiefeln.

»Da!« Piet wies auf einen Haufen von Stoffstücken.

Carla beugte sich darüber und schaltete das Messgerät ein. Ein knatterndes Ticken erklang. Sie überprüfte das Ergebnis mehrmals und richtete sich wieder auf.

»85 000 Becquerel«, sagte sie und trat zwei Schritte zurück.

»Und das, obwohl sie da draußen sicher ordentlich gewaschen worden sind.« Piet wies aufs Meer hinaus.

Von da an verdoppelten sie alle ihre Aufmerksamkeit. Britta fand einen einzelnen Arbeitshandschuh, der ebenfalls leicht strahlte. Mit einer langen Spezialstange verstauten sie ihre Funde in einem Bleibehälter, den ein Feuerwehrmann auf einem Handwagen hinter sich herzog.

Nach zwei Stunden erreichten sie das Ende der Insel. Die Dünen brachen ab, und eine riesige, flache Sandbank breitete sich vor ihren Blicken aus.

»Das ist der Billsand«, erklärte Sternberg. »Er ist wie die Wüste Sahara.«

Carla sah ihn von der Seite an.

»Jedenfalls fast ...«, fügte er mit einem Lächeln hinzu.

Sie gingen hinaus in die Sandebene. Weit weg sahen sie die Umrisse der Insel Borkum, die an der Grenze zu Holland liegt.

Es dauerte noch eine Stunde, ehe sie die Seehundsbänke am Ende des Billsandes erreichten. Sie hatten zwei Tonnen gefunden, die allerdings nur altes Öl enthielten. Außerdem entdeckten sie zwei Kanister mit Holzschutzmittel und unzählige neue Spraydosen mit holländischer Aufschrift.

»Haarspray!«, rief einer der Feuerwehrleute. »Ist wohl mal wieder ein Container über Bord gegangen!«

Carla beobachtete, wie mehrere Feuerwehrleute ihre Taschen mit den Spraydosen füllten. Sie machte Britta darauf aufmerksam, die neben ihr ging. »Sieh mal, Strandräuber«, sagte sie.

Britta verzog den Mund zu einem kleinen, schiefen Lächeln. Ihr Gesicht war überhaupt ein bisschen schief. Das lange, glatte Haar trug sie in einem Pferdeschwanz, der ihr fast bis zur Taille reichte. Sie hatte dunkle, schräge Augen. Nase und Kinn waren rund, und über ihrem linken Backenknochen leuchtete eine halbrunde große Narbe. Um ihren Mund lag ein mürrischer Zug, den sie während der stundenlangen Suche hartnäckig beibehalten hatte. Carla hatte sie hin und wieder beobachtet und war zu dem Schluss gekommen, dass Britta keineswegs schon achtzehn war, wie die Greenpeacer behauptet hatten.

Britta hatte noch kein überflüssiges Wort gesagt.
Carla versuchte, mit dem verschlossenen Mädchen ins Gespräch zu kommen. »Ich bin hundemüde«, sagte sie, »und trotzdem müssen wir den ganzen Weg zurück und noch die Wattseite absuchen.«
Britta nickte und sah auf ihre schweren Gummistiefel. »Mir tun die Beine weh«, sagte sie, und Carla fiel auf, dass sie undeutlich sprach.
»Wir machen Rast beim Billbauer!«, rief ihnen aufmunternd ein Feuerwehrmann zu, der gerade vorbeikam.
»Hoffentlich bald!« Carla seufzte tief und reckte beide Arme.
Sie ging neben Britta in der Mitte des Billsandes wieder auf die Insel Juist zu. Sie mussten die gesamte Fläche absuchen, weil die Sturmflut alles überschwemmt hatte. Aber auch bei normalem Hochwasser wurde der Billsand zum größten Teil mit Wasser bedeckt.
»Wir sind wie die Goldsucher in der Wüste von Nevada.« Carla versuchte, ein neues Gespräch mit Britta anzuknüpfen. Aber das Mädchen antwortete nicht.
Sie fanden nichts mehr außer Muscheln und ein wenig Müll. Die Ebbe hatte ihren niedrigsten Stand erreicht, als sie wieder festen Boden betraten. Schwarz glänzend lagen die Schlickbänke des Wattenmeers vor ihnen. Sanfte grüne Wiesen breiteten sich auf Meereshöhe aus. Schwarzweiße Kühe grasten zwischen Scharen von Austernfischern, deren orangefarbene Schnäbel und Beine weithin sichtbar waren. Ihre klagenden, pfeifenden Schreie erfüllten die Luft. Schwarze Wassergräben ver-

banden das Wattenmeer mit der Insel, als seien Meer und Land ineinander verwoben. Schwarze, mit Muscheln bewachsene Pfähle schoben sich in den leicht abfallenden Schlickboden hinaus. Am Fuß der Pfähle waren kreisrunde Tümpel zurückgeblieben. Unzählige Krebse warteten dort auf die Rückkehr der Flut. Überall lagen kleine Haufen von Muschelschalen, die von den Möwen ausgeschieden worden waren.

Carla blieb stehen und hielt Britta am Arm fest. In einem größeren Tümpel schwamm eine riesige hellblaue Qualle. Sie zog ihren dicken, durchscheinenden Körper zusammen und breitete ihn wieder aus. Fast verzweifelt pumpte sie sich so an den Rändern des Prielsees entlang, der immer mehr Wasser verlor. Es war abzusehen, wann die Qualle vertrocknen würde.

Britta stand schweigend neben dem Tümpel und beobachtete mit gerunzelter Stirn die Qualle. Dann schaute sie zur Fahrrinne hinüber, die immer mit Wasser gefüllt war und in der mittelgroße Schiffe auch bei Ebbe fahren konnten. Es lagen ungefähr zweihundert Meter zwischen Tümpel und Fahrrinne. Britta zog eine Plastiktüte aus der Jackentasche und folgte der Qualle auf ihrem Weg rund um den Tümpel. Dann bückte sie sich und fing das Tier mit der Tüte ein.

Carla sah, wie die Qualle einen Augenblick reglos in der Plastiktüte verharrte und dann umso heftiger zu pumpen begann. Britta lief mit der Tüte, die voll Wasser war, zur Fahrrinne hinüber, und Carla beobachtete, wie das Mädchen die Qualle freiließ. Langsam kehrte Britta zurück, nahm aber weit entfernt von Carla ihre Suche wieder auf.

Sie will nicht mit mir reden, dachte Carla und zuckte die Achseln. Bewundernd betrachtete sie die Schatten großer Wolken auf dem schimmernden Wattboden. Die Leere und Weite der Landschaft machte sie fast trunken. Sie dachte an die Häusermeere, in denen sie sich gewöhnlich aufhielt, und wünschte, dass die Suche noch möglichst lange dauern möge.

Ein Arm streifte in diesem Moment ihre Schulter. Sternberg stand dicht neben ihr und schaute ebenfalls über das Watt hinweg zu der kleinen Insel Memmert hinüber, auf der ein einziges einsames Haus stand.

»Das ist eine Insel, die den Vögeln gehört«, sagte er. »In dem Haus wohnt der Vogelwart.« Er räusperte sich. »Es ist sicher nicht einfach, diese Leere zu füllen. Man fühlt sich wahrscheinlich irgendwann wie ein Stück Landschaft oder wie eines der Tiere, die hier ums Überleben kämpfen. Oder man muss viel Kornschnaps trinken, um es auszuhalten.«

»Vielleicht hilft meditieren?«, entgegnete Carla.

»Dann löst du dich wahrscheinlich völlig auf!«

Carla lachte und wies zu einem Bauernhof hinüber, dessen Dach über einen flachen Deich schaute. »Ist das endlich der Billbauer?«, fragte sie.

Sternberg nickte, und die zwanzig Menschen kletterten über Weidezäune und gingen über das weiche Gras der Salzwiesen auf den Hof zu. Eine Schar Gänse watschelte vor ihnen her, die Hälse steil aufgerichtet und wütende, zischende Laute ausstoßend. Mit aufgeregt wackelnden Hinterteilen verschwanden sie hinterm Deich. Ein großer, zottiger Hund bellte, als sie den Billbauer erreichten. Enten und Hühner liefen vor dem Haus herum, Schafe weideten in einem kleinen Pferch.

Kurz darauf saßen sie an den Tischen des großen Gastraums, denn der Billbauer betrieb neben seiner Landwirtschaft eine Gaststätte für die Inselbewohner. Sie aßen dicken Rosinenstuten mit Butter, Milchreis, Salamibrote und Kartoffelsuppe. Sternberg telefonierte mit Radio Norddeich und dem Leiter der Küstenfahndung, der Ohrenberg hieß und dessen Stimme sehr norddeutsch klang.

An mehreren Küstenabschnitten waren radioaktive Abfälle gefunden worden, unter anderem zwei Hüllen von Brennstäben, wie sie in Atomkraftwerken verwendet werden. Allerdings ohne die Urantabletten, mit denen sie normalerweise gefüllt sind.

»Das ist nicht besonders beunruhigend«, sagte Ohrenberg im Ton einer offiziellen Verlautbarung. »Die Fundstücke sind nur schwach radioaktiv, und das niedersächsische Innenministerium hat es deshalb abgelehnt, so etwas wie eine Alarmstufe auszurufen. Wenn es dabei bleibt, können wir die Sache vergessen. Die Presse hat nicht aufgeregt reagiert, deshalb besteht für niemanden ein Grund zur Beunruhigung.«

»Aha«, erwiderte Sternberg. »Die alte Leier also. Worüber soll man sich denn beunruhigen, wenn nicht über solche Geschichten?«

Ein kurzes Schweigen entstand in der Leitung.
»Ich kann nichts anderes machen, als meinen Weisungen folgen. Wenn ich nichts Aufregendes finde, dann wird die Suche morgen Abend eingestellt«, erwiderte Ohrenberg.
»Dann können wir ja nur hoffen, dass wir etwas finden, denn die Sachen sind mit Spuren von Plutonium verseucht, was die meisten Geigerzähler nicht anzeigen. Tschüss, Herr Kollege!«
Sternberg knallte den Hörer auf die Gabel. Er kannte die Taktik der Behörden inzwischen auswendig. Er würde später wieder mit Ohrenberg sprechen, jetzt war ihm die Lust dazu vergangen.

Carla ging wieder neben Britta. Nach der Rast fühlten sie sich noch erschöpfter.
Sie näherten sich allmählich dem Dorf. Auf den Salzwiesen grasten Pferde. Ab und zu hob ein Tier den Kopf und starrte zu ihnen herüber.
»Bist du schon lange bei Greenpeace?«, fragte Carla.
Britta runzelte die Stirn und strich sich eine lange Strähne aus dem Gesicht, die sich von ihrem Pferdeschwanz gelöst hatte.
»Ungefähr seit vier Monaten«, antwortete sie.
»Es hat mir gefallen, wie du die Qualle gerettet hast. Ich hätte es auch getan.«
Britta warf Carla einen misstrauischen Blick zu. Anscheinend vermutete sie, dass sich Carla bei ihr einschmeicheln wollte.

Carla spürte den Argwohn des Mädchens beinahe körperlich, aber sie konnte sich die Ursache nicht erklären. Vielleicht lag es einfach daran, dass sie Polizeibeamtin war.

»Es ist ungewöhnlich, dass ein Mädchen eine Ausbildung als Schiffsjunge macht. Wie bist du darauf gekommen?«, fragte sie weiter.

Brittas Gesicht wurde noch verschlossener. Sie steckte beide Fäuste in die Taschen ihrer Windjacke. »Weil ich es sinnvoll finde«, antwortete sie beinahe heftig. »Es gibt nicht viel Sinnvolles zu tun, wenn man von der Hauptschule geflogen ist!« Sie wurde rot und biss sich auf die Unterlippe, als hätte sie zu viel gesagt. Suchend schaute sie sich um und entdeckte Piet in einer Gruppe von Feuerwehrleuten.

»Entschuldigen Sie«, murmelte Britta. »Ich muss mit Piet noch den Bordplan besprechen.« Mit diesen Worten lief sie davon und ließ Carla stehen.

Irgendwas stimmt mit Britta nicht, dachte Carla und blickte ihr nach.

Gemeinsam mit Sternberg und den Feuerwehrleuten ging sie zum Dorf zurück, ohne noch einmal das Gespräch mit Britta zu suchen.

In der kleinen Amtsstube des Inselpolizisten ließen sie sich um das Funkgerät nieder.

Sternberg streckte beide Beine von sich. »Das sind echt ökologische Ermittlungen«, seufzte er. »Wir verbrauchen nur unsere eigene Energie.«

Carla lächelte und wies auf einen Computer in einer Ecke

des Zimmers, dessen Einrichtung ansonsten aus den fünfziger Jahren zu stammen schien.
»Ob Petersen das wohl jemals benutzt hat?«, flüsterte sie Sternberg zu.
Bevor er antworten konnte, betrat Petersen das Zimmer. Groß und schwer stand er da und stülpte seine Dienstmütze über einen Haken an der Wand. Er zog seinen Wintermantel aus und legte ihn sorgsam über einen Stuhl. Dann setzte er das Funkgerät in Betrieb und nahm Verbindung mit Radio Norddeich auf.
»Von dort aus werden normalerweise die Seenotrettungsaktionen geleitet«, erklärte er Carla, die er offenbar für eine hoffnungslose Landratte hielt.
Es rauschte und knackte, aber dann kam eine klare Verbindung zustande.
»Die Schiffe sind auf dem Rückweg in die Häfen«, hörten sie Ohrenbergs Stimme. »Morgen werden wir an einigen Stellen Taucher einsetzen.«
»Haben Sie die Fundsachen sichergestellt?«, fragte Sternberg.
»Alle Fundsachen sind in Bleibehältern sichergestellt. Wir sammeln sie in einer alten Lagerhalle in Norddeich. Gibt es sonst noch was?«
»Nein«, sagte Sternberg. »Wir sprechen uns morgen wieder. Falls doch noch etwas Unerwartetes passiert, sagen Sie bitte Polizeimeister Petersen Bescheid. Er wird mich dann benachrichtigen.«
»Gut, dann einen schönen Abend, Kollege.«
»Ebenfalls.«

Petersen sah Sternberg fragend an, dann schaltete er das Funkgerät auf Bereitschaft. »Ist ja bisher nicht viel rausgekommen«, sagte er langsam.

»Zumindest wissen wir, dass ein paar der versenkten Tonnen nicht dicht sind und einiges vor der Küste herumliegt. Es wäre ja auch märchenhaft, wenn wir ein ganzes Schiff voller Tonnen finden würden.«

»Ja, aber wir haben noch keinen konkreten Hinweis auf den Verursacher«, beharrte Petersen. »Ich möchte fast wetten, dass wir auch keinen finden werden. Die sind doch so verdammt vorsichtig, und es gibt so viele Atomanlagen an der Küste – wo sollen wir denn da anfangen?«

Sternberg klopfte Petersen auf die Schulter, aber er zog seine Hand schnell zurück, weil ihm diese Geste als herablassend gegenüber einem Dorfpolizisten erschien. »Wir müssen eben systematisch vorgehen«, sagte er ruhig. »Vielleicht liefern uns die Brennstabhülsen einen Hinweis.«

Petersen rieb sich die Stirn. »Na ja, an mir soll's nicht liegen. Aber ich hätte keine Ahnung, wo ich da anfangen soll.«

»Lassen Sie uns das mal überschlafen, Kollege«, sagte Sternberg. »Wir sind heute sicherlich vierzig Kilometer gelaufen. Da fällt niemandem mehr etwas Vernünftiges ein. Wir gehen jetzt noch mal zur *Strandflieder* hinüber. Falls Sie uns brauchen, sind wir dort erreichbar. Gute Nacht.«

»Gute Nacht«, murmelte Petersen ratlos.

Carla winkte ihm zu, und dann wanderten Sternberg und

sie durch das Dorf zum Hafen zurück. Die Straßen waren leer, denn es war schon acht Uhr. Ein paar verlorene Pferdeäpfel lagen herum, und hinter den Fenstern der kleinen Häuser flimmerten die Fernsehgeräte.

»Nichts los hier«, sagte Sternberg.

Der Mond war aufgegangen. Das Wattenmeer lag schwarz hinterm Deich, und ein kühler Wind blies ihnen entgegen. Die Lichter der Hafenanlage blinkten auf dem Wasser. Mit leisem Klappern und Klingeln rollten die Boote im Wind hin und her.

Die *Strandflieder* war hell erleuchtet, und Piet erwartete Carla und Sternberg an Deck, als sie an der Kaimauer hinunterkletterten.

»Hallo, Herr Kommissar«, begrüßte Piet Sternberg mit seinem spöttischen Lächeln, das in der Dunkelheit nur zu ahnen war. »Kommen Sie doch rein – wir trinken Tee und Bier, und es gibt Zwiebelkuchen, den Simon gebacken hat. Setzen Sie sich doch mit Ihrer Kollegin zu uns!«

Sternberg dankte. Er fühlte sich müde und spürte ein Ziehen im Rücken. Sie waren zu weit gelaufen an diesem Tag.

In der Schiffsmesse war es warm und gemütlich. Sie setzten sich zu den anderen auf die Bank, die rings um den langen Tisch führte. Tassen mit dampfendem Tee wurden vor sie hingestellt.

An Bord herrschte eine schweigende Selbstverständlichkeit. Die Greenpeacer waren im Einsatz.

»Morgen fahren wir raus«, sagte Piet. »Ich denke, dass wir die andere Richtung nehmen. Nach Holland rüber.

Ich bin sicher, dass in den Grenzgewässern nicht gesucht wird.«

»Genau das wollte ich auch vorschlagen«, erwiderte Sternberg. »Und wir möchten gern mitkommen, wenn es euch nicht stört.«

»Schon in Ordnung«, sagte Piet. »Ihr redet ja nicht so viel.«

Carla lachte auf. »Ich wollte aber gerade reden, und zwar über das Ergebnis eurer Pressekonferenz. Die Meldung kam zwar in allen Tageszeitungen, die ich in Händen hatte, aber sie war klein. Das bedeutet, dass niemand richtig darauf einsteigen wollte. In jeder Meldung stand außerdem ein Zitat der Behörden, dass es sich um wahrscheinlich harmlose, schwach radioaktive Abfälle handle.«

»Tja, so ist das nu mal bei uns«, sagte Piet und verzog sein Gesicht. »Da muss man schon was Tolles bieten, ehe es hierzulande jemanden vom Stuhl reißt. Allerdings kommt übermorgen ein Fernsehteam an Bord. Die wollen die Suche nach den Tonnen filmen.«

»Wo wollt ihr mit denen hin?«, fragte Sternberg.

»Nach Holland rüber, denn wir haben ein paar Tipps bekommen, dass dort etwas los sein könnte.«

Sternberg rührte in seiner Teetasse, obwohl es nichts mehr umzurühren gab. »Ihr wollt die Sache allein machen, ohne Polizei, nicht wahr?«

Piet kratzte sich am Nacken. »Na ja – ich trau der laufenden Aktion nicht ganz. Aber auch die Holländer können nicht dran interessiert sein, radioaktive Abfälle an der Küste zu finden.«

Sternberg nickte. »Wenn ich noch Greenpeacer wäre, würde ich vermutlich genauso reagieren.«

Britta saß zwischen Simon, dem Ingenieur, und Petra, der Maschinistin. Ab und zu warf sie einen forschenden Blick auf Carla, aber die beachtete sie kaum.

»Was glaubt ihr denn nun, so als Fachleute?«, fragte Simon.

Sternberg schob seine Tasse ein Stück von sich und antwortete: »Wir glauben noch gar nichts. Wir brauchen dringend konkrete Hinweise auf die Täter, sonst stochern wir mit der Stange im Nebel. Wenigstens haben wir einen klaren Hinweis, und das sind die deutlichen Plutoniumspuren in der ersten Tonne und in der Leiche. Es muss also eine Anlage sein, in der Plutonium eine relativ große Rolle spielt. Deshalb liegt die Vermutung nahe, dass es sich um eine Wiederaufbereitungsanlage handelt ... oder um eine Anlage zur Herstellung von Atomwaffen. Damit können wir uns auf wenige Länder konzentrieren. WAAs gibt es in Frankreich, Großbritannien und Belgien. Bei uns hat es ja Gott sei Dank nicht geklappt mit Wackersdorf.«

Petra fuhr mit der Hand über ihr Gesicht, und ein schwarzer Streifen blieb auf ihrer Wange zurück. Sternberg lächelte, als er es sah, und Petra wurde rot.

»Was ist?«, fragte sie irritiert.

»Du hast wieder einen Streifen auf der Backe!«

Petra zuckte die Schultern und lächelte; dann wurde sie ernst. »Warum tun Leute so etwas?«, fragte sie.

»Was?«

»Na, warum versenken sie Tonnen im Meer, gefährden die Umwelt und die Menschen und ermorden den armen Typ in der Tonne?«, fragte Britta.
»Weil sie vor lauter Angst, den Tod und das Ende ihres Atomsystems ernst nehmen zu müssen, zu Verbrechern werden. Weil sie Angst davor haben, ihre Macht zu verlieren. Vielleicht wollte der Tote in der Tonne etwas verändern?«
»Aber was?«, fragte Simon etwas trottelig.
»Vielleicht hatte er etwas herausgefunden und wollte es ausplaudern, vielleicht wollte er nicht mehr mitmachen ...«, sagte Carla nachdenklich. »Warum wehren sich die Verantwortlichen auf der ganzen Welt, das Atomprogramm aufzugeben? Weil sie dann sehr viel mehr in Frage stellen müssten als nur dieses eine Programm. Unseren Umgang mit Energie zum Beispiel.«
»Ja.« Sternberg nickte. »Und warum sagen die meisten Menschen: Man kann ja doch nichts ändern! Weil sie sich andernfalls selbst ändern müssten. Das ist der springende Punkt!«
»Und der Tod?«, fragte Petra leise.
Die Lampe schwankte heftiger, und Simon machte eine Handbewegung, mit der er beinahe seine Tasse umgestoßen hätte.
»Der Tod ...«, sagte Sternberg, »er steht hinter allem. Ich glaube, wenn man sich ausreichend mit ihm auseinander gesetzt hat, dann wird man auch richtig leben können – nicht so voller Gier und Hast und Angst.«
Britta stand plötzlich auf und sagte laut: »Scheiße!«

Alle sahen sie verblüfft an, und sie wurde rot.
»Das galt nicht Ihnen«, murmelte sie und blickte unsicher zu Sternberg hin. »Ich dachte an die Dinge, die ich bisher erlebt habe. Vielleicht haben Sie ja Recht. Es ist nur so schwierig, einen eigenen Weg zu finden.« Sie drehte sich abrupt um und verschwand durch die niedrige Tür, die zu den Schlafkojen führte.
»Was ist mit Britta?«, fragte Carla nach einer Weile.
Piet rutschte unbehaglich auf der Bank hin und her. »Sie hatte eine Menge Schwierigkeiten in ihrem Leben. Aber das muss sie euch schon selbst erzählen. Sie hat allerdings selten Lust, aus sich herauszugehen.«

Am nächsten Morgen lief die *Strandflieder* um neun Uhr aus dem Juister Hafen. Ihr Schiffsmotor tuckerte friedlich, und das Wattenmeer lag unter einer leichten Nebeldecke, die sich gerade aufzulösen begann. An einigen Stellen brach schon die Sonne durch und ließ das Wasser golden aufleuchten. Enten schwammen auf den sanften Wellen, schwarze Punkte in einer Welt, die keine klaren Begrenzungen mehr hatte.
Piet rief hin und wieder ein Kommando. Es war kalt und feucht, und Sternberg zog seinen dicken Seemannspullover enger um sich.
Jeder an Bord tat ruhig seine Arbeit: Britta half Petra im Maschinenraum, Simon stand am Steuer und rauchte Pfeife. Er glich einem schönen Offizier auf einem Luxusdampfer.

»Das Wetter soll wieder gut werden«, verkündete Piet, der gerade den Seewetterbericht gehört hatte. »Aber es kann sein, dass sich der Nebel an manchen Stellen nicht auflösen wird. Hoffentlich sehen wir genug!«

Sternberg antwortete nicht. Er schaute zur Insel hinüber, die halb im Nebel verborgen lag. Wie ein seltsames Fabelwesen stand dort ein Pferd, das auf einer Wolke zu schweben schien.

Sternberg fragte sich, ob seine Fahrt mit der *Strandflieder* zur Lösung des Falles beitragen konnte. Eigentlich hätte er nach Norddeich fahren müssen, um die Brennstäbe zu überprüfen, aber er hatte keine Lust dazu. Er wollte einfach noch einen Tag auf See bleiben, weit weg von aufgeregten Kollegen, Hubschraubern, Fachleuten, Telefonapparaten.

Die *Strandflieder* ließ Juist hinter sich und durchquerte vorsichtig das Gebiet der Sandbänke vor Borkum. Der Nebel hatte inzwischen das Festland erreicht und stand dort als graue, fast bedrohliche Wand. Borkum aber lag im Sonnenschein.

Es war auflaufende Flut, und sie konnten ziemlich nahe an den Strand heranfahren. Sie waren jetzt in der Nähe der holländischen Grenze.

Piet stellte sich neben Sternberg und wies in Richtung Holland.

»Dort draußen liegt eine große Sandbank, die selten überflutet wird. Es ist fast eine Insel. Dort gibt es ein bisschen Strandhafer, Seevögel und Seehunde. Vielleicht sollten wir da nachsehen. Es ist nicht weit, etwa zehn oder fünfzehn Seemeilen. Das Wetter bleibt ruhig – wir können ohne Gefahr mit der *Strandflieder* rausfahren. Allerdings müssen wir höllisch aufpassen, dass wir nicht auf Grund laufen. Die Gegend ist ziemlich ungemütlich, lauter Untiefen.«

Sternberg nickte. Er ging zu Carla in den Funkraum. Seit einer Stunde hielt sie Kontakt zu verschiedenen Schiffen der Wasserschutzpolizei, vor allem zu den beiden Booten, die Taucher eingesetzt hatten.

Als Sternberg neben sie trat, nahm sie den Kopfhörer ab und stellte das Gerät auf Empfang. »Ich wollte doch mal hören, was die Jungs so alles machen«, sagte sie. »Nicht, dass sie uns am Ende noch was verschweigen. Die Taucher haben eine Menge am Meeresgrund gefunden. Haufenweise Müll und alte Tonnen, aber keine, die zu unserer Tonne passen würde. Es scheint sich aber auf jeden Fall gelohnt zu haben.«

»Gut«, sagte Sternberg und lehnte sich mit dem Rücken an die Holzwand der Kabine. »Kannst du mir einen Tip geben, wie es weitergehen soll, wenn wir tatsächlich nichts mehr finden außer ein paar verstrahlten Fetzen? Die brauchen doch einfach nur stillzuhalten, und wir können nichts machen.«

Carla stützte den Kopf in die Hand und spielte am Kopfhörer.

»Ich glaube nicht, dass ein Mensch einfach verschwinden kann. Irgendjemand wird ihn irgendwann mal vermissen. Auch wenn er Einzelgänger, Junggeselle, Vollwaise oder sonst was war. Wenn wir nichts finden, wird sein Foto in allen europäischen Zeitungen erscheinen, und es wird ihn jemand wieder erkennen. Du bist doch sonst nicht so ungeduldig.«

»Richtig«, antwortete Sternberg. »Ich bin auch nicht ungeduldig, ich bin neugierig und würde den Kerlen gern auf den Pelz rücken. Ich bin sicher, dass auch dieser Fall wieder ein Stück verändern wird, weil er mies und brutal ist. Die Greenpeacer haben schon Recht gehabt mit ihrer Strategie: Es sind die großen, Aufsehen erregenden Dinge, die sich in den Köpfen der Menschen festsetzen und etwas verändern.«

Carla sah aus dem Fenster, denn das Schiff rollte stärker im Seegang als zuvor. Sie fragte: »Wo sind wir? Mitten auf dem Meer?«

»Wir steuern eine Sandbank auf holländischem Gebiet an. Piet hofft, dass wir dort etwas finden.«

»Oh, hoffentlich schwankt das Schiff nicht noch mehr, ich bin doch nicht seefest.« Carla erhob sich. »Kannst du mich ablösen? Ich schnapp besser mal frische Luft, ehe mir übel wird.«

Sternberg nickte und setzte sich an das Funkgerät.

Carla fühlte sich wackelig, aber sie wollte auf gar keinen Fall seekrank werden.

Piet saß vorn am Bug und rollte ein Tau auf. Carla setzte sich neben ihn und beobachtete misstrauisch, wie sich der Schiffsbug hob und senkte.

»Auf den Horizont sehen«, sagte Piet, ohne den Blick zu heben.

»Wie bitte?«

»Sie müssen auf den Horizont schauen, dann wird Ihnen nicht so leicht schlecht.«
Carla stöhnte und fixierte gehorsam den Horizont. Sie beobachtete interessiert, wie sich eine Nebelbank langsam über die rettende Linie zwischen Wasser und Himmel schob.
»Und jetzt?«
Piet lachte und rief: »Pech!«
»Piet!«, rief Simon in diesem Moment von der kleinen Kommandobrücke.
»Jou!«
»Wir sind gleich da. Es wird hier ziemlich mulmig. Ich hatte eben das Gefühl, dass wir unten angeschrammt sind.«
»Nein«, antwortete Piet bestimmt. »Das spür ich, wenn wir anschrammen.«
In diesem Augenblick ging ein kaum merkliches Beben durch die *Strandflieder.*
Piet sprang auf und legte das inzwischen ordentlich zusammengerollte Tau auf die Schiffsplanken. Dann grinste er Carla an und hob einen Finger. »Aber jetzt – jetzt sind wir angeschrammt«, sagte er, drehte sich um und verschwand.
Carla klammerte sich an die Reling. Sie atmete tief durch und wandte vorsichtig die Augen vom unsichtbaren Horizont zur Wasseroberfläche hinunter, um zu sehen, ob sie auf einer Sandbank aufgelaufen waren. Außer schaumigem braunblauem Wasser konnte sie nichts erkennen. Schnell hob sie wieder ihre Augen.

Das Schiff ist viel zu klein für dieses große Meer, dachte sie. In diesem Augenblick teilte sich der Nebel, und sie sah eine große Sandfläche, auf der Dutzende von Seehunden lagen. Die *Strandflieder* drosselte ihre Geschwindigkeit, und Piet steuerte das Schiff geschickt durch die tieferen Kanäle vor der Sandbank.

»Wie schaffen Sie das?«, fragte Sternberg, der sich neben den Kapitän gestellt hatte.

Piet lachte, aber er ließ keinen Augenblick das kleine Gerät neben dem Steuerrad aus den Augen. »Das ist keine Zauberei – wir haben Echolot an Bord. Schließlich bewegen wir uns öfter in unsicheren Gewässern.«

Sie kreuzten eine halbe Stunde lang vor der Sandbank, ehe sich der Nebel endgültig hob. Noch immer lagen die Seehunde auf dem glatten Sand. Das Tuckern des Motors hatte sie nicht beunruhigt.

Außer Piet und Simon standen alle an der Reling und starrten zur Sandbank hinüber – und die Seehunde starrten zurück.

Plötzlich schrie Britta: »Da, seht doch!«

»Was?«, fragte Sternberg.

»Da, zwischen den Seehunden.«

Zwischen den tonnenartigen Leibern der Tiere lag ein Fass. Man konnte es leicht übersehen, denn es war zur Hälfte mit Sand bedeckt und unterschied sich nicht sonderlich von den Seehunden.

»Mensch, Britta! Du bist ja Klasse!«, schrie Piet. Er übergab das Steuer an Simon und schlug Britta so kräftig auf die Schulter, dass sie zusammenzuckte. »Denn lass uns man die Sache näher betrachten. Hoffentlich ist es keine Öltonne.«

Sie verankerten die *Strandflieder* und brachten gemeinsam das gelbe Schlauchboot zu Wasser, das im Heck des Schiffes untergebracht war. Petra bediente den Bordkran, und Minuten später saßen Simon, Britta und Sternberg im Boot. Der Außenbordmotor heulte auf, und sie nahmen, eine Schaumwelle hinterlassend, Kurs auf die Sandbank.

Simon fuhr nach dem schnellen Start bald wieder langsamer. Er wollte die Seehunde nicht erschrecken. Die Tiere hoben ihre runden Köpfe und gähnten. Einige bellten ärgerlich und rutschten gemächlich ins Wasser.

»Es tut mir Leid, dass wir sie stören müssen«, sagte Britta. »Die Seehunde brauchen ihre Ruhepause in der Sonne.«

»Diesmal können wir leider keine Rücksicht auf ihren Schlaf nehmen, denn sonst müssen wir mit der Taschenlampe nach der Tonne suchen«, rief Simon gegen das Knattern des Motors an und setzte das flache Boot behutsam auf dem Sand auf. Sternberg und Britta sprangen in das seichte Wasser und zogen das Boot ein Stück weiter an Land. Dann rannten sie gemeinsam zu der Tonne und knieten atemlos neben ihr nieder.

Sie war schwarz, mehr konnten sie nicht erkennen.

Sternberg begann mit den Händen zu graben, und Britta machte es ihm nach. Der Sand war sehr fest, aber sie schafften es trotzdem, den Bauch der Tonne freizulegen.

»Da!«, sagte Sternberg erleichtert.

Ein verwaschenes helles Dreieck wurde sichtbar. Aufgeregt buddelten sie weiter und legten ein zweites Dreieck frei. »Es ist das Strahlenzeichen!«, rief Britta zu Simon hinüber. »Wir haben sie, wir haben sie!« Sie rannte Simon entgegen, der das Boot gesichert hatte und nun mit drei Schaufeln auf dem Weg zu ihnen war.

Sternberg sah ihr verblüfft nach. Britta war bisher mürrisch und zurückhaltend gewesen; nun hüpfte sie plötzlich fröhlich über den Strand. Sie ist bestimmt noch nicht achtzehn, dachte er, sie ist ja noch ein richtiges Kind. Er nahm den Geigerzähler aus der Tasche und führte ihn an der Tonne entlang. Er zeigte kaum etwas an, also war diese Tonne einigermaßen dicht. Gemeinsam schaufelten die drei das Fass frei. Es war so schwer, dass sie fast eine halbe Stunde brauchten, ehe sie es sicher an Bord vertäut hatten.

»Wir müssen uns beeilen! Die Ebbe hat eingesetzt; wir bekommen sonst das Boot nicht mehr flott!«, rief Simon.

Das Wasser lief so schnell ab, dass man zusehen konnte. Schweiß tropfte über ihre Gesichter, während sie das schwere Boot Zentimeter um Zentimeter ins Wasser brachten. Endlich hatten sie es geschafft. Simon machte das Siegeszeichen in Richtung *Strandflieder*, und sie kehrten zum Schiff zurück.

Ziemlich ratlos stand die Schiffsbesatzung wenig später um die Tonne herum, die nun sicher an Bord der *Strandflieder* untergebracht war.

»Ich werde einen Hubschrauber anfordern, der sie nach Hamburg bringen soll. Jetzt muss es schnell gehen«, sagte Sternberg.

»Ja, aber dazu müssen wir erst wieder über die Grenze. Wir befinden uns hier in holländischen Hoheitsgewässern. Da können nicht einfach deutsche Polizeihubschrauber Tonnen abholen«, bemerkte Piet.

»Dann los!«

Es war inzwischen vier Uhr nachmittags. Der Nebel verdichtete sich wieder.

Piet ließ die Nebellampen einschalten, und das Nebelhorn der *Strandflieder* stieß in kurzen Abständen sein beunruhigendes Tuten aus. Er übernahm selbst das Steuer und blickte abwechselnd in den Nebel hinaus und dann wieder auf sein Echolot.

»Wir müssen aus dem Gebiet der Sandbänke in tieferes Wasser kommen, dann erreichen wir ohne Schwierigkeiten von See her die Fahrrinne, die zum Juister Hafen führt. Wahrscheinlich ist es besser, wenn der Hubschrauber die Tonne erst dort übernimmt, denn der Nebel wird mit Sicherheit dichter.«

»Aber das dauert mindestens zwei Stunden«, warf Sternberg ungeduldig ein.

»Klar«, antwortete Piet. »Aber das Meer hat seine eigenen Gesetze. Was nicht geht, geht nicht.«

Die *Strandflieder* tuckerte geruhsam durch die Untiefen vor der Küste.

Der Nebel legte sich in dichten Schleiern um sie. Manche Schwaden waren so dicht, dass man vom Bug des Schiffes aus das Heck nicht mehr sehen konnte. Abwechselnd übernahmen sie Nebelwache.

Britta stellte sich freiwillig an den Bug und hielt Ausschau. Sie tranken im Stehen Kaffee, denn keiner fand Ruhe, sich hinzusetzen. Sternberg beschäftigte sich mit dem Funkgerät.

»Lassen Sie mich mal kurz ran«, sagte Simon und ging auf einen anderen Kanal.

»Hallo Radio Norddeich! Hier ist die *Strandflieder.*« Simon gab die Position des Schiffes durch und fragte, ob Schiffe in dieser Gegend unterwegs seien.

»Hallo *Strandflieder!* Zwei Fischkutter sind unterwegs nach Norddeich, aber sie laufen weiter nördlich. Sonst ist uns nichts bekannt.«

»Danke, Ende.« Simon ging zu Piet zurück, um den Kurs genau zu bestimmen.

Plötzlich stießen Britta und Piet gleichzeitig einen Schrei aus. Sie hatten für Sekunden die Umrisse eines Schiffes gesehen. Dann hörte man das Aufheulen eines Motors, und die Nebel schlossen sich.

»Verdammt!«, rief Piet. »Der hätte uns beinahe erwischt. Es sah aus wie ein Küstenwachboot oder eine Motorjacht. Wahrscheinlich ist das wieder mal so ein Freizeitkapitän, der keine Ahnung hat, wo er eigentlich herumschippert.«

»Aber warum ist er so schnell abgehauen? Er muss uns doch auch gesehen haben«, fragte Britta.

Piet lachte. »Wahrscheinlich schmuggelt er holländische Butter oder Schnaps aus dem Freihafen. Vielleicht hat er uns für ein Zollboot gehalten.« Piet steigerte vorsichtig die Geschwindigkeit der *Strandflieder,* während die anderen aufmerksam in den undurchsichtigen grauen Nebel hinauslauschten.

»Ich höre ihn! Er kann nicht weit weg sein. Sei vorsichtig!«, rief Britta.

Ganz deutlich hörten alle den Motor des unbekannten Bootes. Es entfernte sich Richtung Westen, also auf die offene See hinaus.

»Hilfe brauchen die jedenfalls nicht«, meinte Piet. »Wir drehen besser ab und fahren so schnell wie möglich nach Juist. Unsere Fracht ist zu kostbar, um sie bei einem Zusammenstoß zu verlieren.«

Carla stand neben Britta an der Reling. Der Nebel benetzte ihre Gesichter mit unzähligen winzigen Tropfen. Schweigend beobachteten sie, wie die Welt um sie herum immer enger wurde.

»Komisch!«, sagte Britta plötzlich. »Gestern konnte man noch so weit sehen, dass mir ganz mulmig wurde. Und jetzt ist alles verschwunden.«

»Wenn es so weitergeht, werden wir nicht mal mehr die Geräusche richtig hören können. Es klingt sowieso alles wie durch einen Schalldämpfer.«

Carla lauschte. Es war unheimlich, durch dieses Wattemeer zu fahren. Ihr fiel auf, dass sie ihre Seekrankheit ganz vergessen hatte. Sie spürte keine Spur von Übelkeit mehr. »Ich freue mich, dass du die Tonne gefunden hast. Wir hätten sie womöglich gar nicht entdeckt«, sagte sie zu Britta.

Das Mädchen lächelte. »Es ist das erste Mal, dass ich wirklich etwas für Greenpeace tun konnte.«

»Aber das stimmt doch nicht«, wandte Carla ein. »Du arbeitest doch hier an Bord. Sie brauchen dich hier!«

Britta runzelte die Stirn. »Das ist etwas anderes. Das ist normale Arbeit. Ich möchte etwas wirklich Ungewöhnliches tun. Ich wünsche mir, dass alle mich ernst nehmen.«

»Du meinst also, wenn du hier kochst und abwäschst, das Deck fegst und Petra im Maschinenraum hilfst, dann verschafft dir all das nicht den Respekt der anderen?«, fragte Carla.

Britta warf ihr einen prüfenden Blick zu. »Es ist, wie wenn ich zu Hause den Tisch decke und den Mülleimer runterbringe. Niemand nimmt das wirklich zur Kenntnis«, sagte sie leise.

Carla antwortete nicht, und Britta schüttelte ihren langen Haarschweif, der vom Nebel feucht geworden war. Plötzlich sah sie Carla triumphierend an. »Aber vorhin, als ich die Tonne entdeckt habe, da hat Piet mich zum ersten Mal richtig angesehen. So, wie er Petra ansieht oder Sie.«

Carla lächelte. Sie verspürte den Wunsch, Brittas Hand zu nehmen oder den Arm um sie zu legen.

Plötzlich erregte ein Geräusch ihre Aufmerksamkeit. Es war der Motor des fremden Schiffes.

»Hör mal«, sagte Carla zu Britta und fasste sie nun doch am Arm.

»Ja! Ich höre es ganz deutlich! Das Schiff hat gewendet und folgt uns.«

Britta lief zu Piet, während Carla zum Heck der *Strandflieder* ging, um noch genauer hören zu können. Der Nebel war undurchdringlich, aber das Boot schien ganz in der Nähe zu sein.

Simon kam eilig aus der Schiffsmesse.

»Hier!«, rief Carla.

»Die nehmen Kurs auf uns!«, rief er, nachdem er eine Weile gelauscht hatte. »Piet, lösch mal die Nebellichter, und hör auf, so einen Krach zu machen!«

Piet drosselte die Motoren, sodass die *Strandflieder* fast lautlos dahinglitt. Außerdem änderte er den Kurs. Sie standen alle schweigend an Bord und horchten.

Das Schiff überholte sie auf dem alten Kurs der *Strandflieder*.

Piet wartete kurz, dann beschleunigte er das Schiff und steuerte einen Halbkreis. Kurz darauf wurde der Motor des anderen Schiffes wieder lauter; es schien auf sie zuzukommen.

»Verdammt!«, fluchte Piet. »Die wollen wirklich was von uns. Nichts wie weg!«

»Mich würde eigentlich interessieren, wer das ist und was sie von uns wollen«, sagte Sternberg.

»Ich habe kein gutes Gefühl bei der Sache«, antwortete Piet. »Es klingt vielleicht übertrieben, aber die könnten ja von der anderen Partei sein, und dann ist ein Zusammentreffen sicher nicht besonders angenehm. Ich will auf keinen Fall, dass sie in mein Boot reindonnern!«

Sternberg lief zum Funkgerät. Er hatte sich von Piet die Position der *Strandflieder* geben lassen. »Hallo, Radio

Norddeich! Ich rufe die Aktion Strandgut! Wir werden von einem unbekannten Schiff verfolgt. Ist es zufällig eines unserer Boote?«

»Hallo *Strandflieder.* Welche Position habt ihr?«

Sternberg gab die Position durch.

»Es ist kein Polizeiboot in eurer Nähe. Was ist mit dem Schiff?«

»Es folgt uns, obwohl dichter Nebel ist. Könnt ihr uns Verstärkung schicken?«

»Der Nebel ist zu dicht. Außerdem ist das nächstgelegene Boot rund zwanzig Seemeilen von euch entfernt. Bis die euch finden, seid ihr längst in Juist. Wir schicken euch einen Hubschrauber. Der Nebel reicht nicht sehr hoch. Der Hubschrauber könnte also gefahrlos über euch kreisen. Vielleicht erschreckt das eure Verfolger.«

»Schickt den Hubschrauber lieber nach Juist. Er muss sowieso etwas von uns übernehmen. Ende!«

Sternberg kehrte wieder an Deck zurück. Noch immer standen alle an der Reling und horchten aufmerksam. Rosarotes Sonnenlicht beleuchtete den Nebel. Piet fuhr die Motoren auf volle Leistung.

Immer wieder glaubte einer von ihnen, das Schiff zu sehen, doch immer wieder verschwand die Erscheinung im dichten Nebel.

»Ich glaub allmählich an den Klabautermann«, murmelte Simon ärgerlich.

»Wir brauchen noch zwanzig Minuten bis zum Hafen!«, rief Piet. Er stand verbissen und mit gesträubtem Bart am Steuer.

»Vielleicht wollen die sich ja nur an uns hängen, um den Hafen zu finden«, mutmaßte Simon.
»Nein«, widersprach Britta. »Dann hätten sie uns ein Signal gegeben. Ich glaube eher, dass sie beobachtet haben, wie wir die Tonne an Bord nahmen.«
»Kaum ist ein Kommissar an Bord, wittern alle einen Krimi«, spottete Simon.
»Ich glaube, Britta hat Recht«, entgegnete Carla bestimmt. »Ich bin am Flughafen von zwei Männern angegriffen worden. Gut, es könnten auch Handtaschenräuber gewesen sein, aber das glaube ich nicht. Die Gegenseite ist vorgewarnt. Sie haben wahrscheinlich Angst, dass wir die Leiche finden, denn sie wissen nicht, dass wir sie schon haben. Es ist doch in diesem Fall wahrscheinlich, dass sie selbst nach den Tonnen suchen, die abgetrieben wurden.«
»Genau!« Carla musste gegen ihren Willen lächeln. Britta war wirklich noch sehr jung.
»Wenn die anderen auch dort suchen, folgt daraus, dass die Tonnen vor der holländischen Küste versenkt wurden«, fügte Britta hinzu.
»Könnte sein!«, rief Sternberg anerkennend, und Britta lächelte – diesmal ohne den mürrischen Zug um ihren Mund.
Simon warf den dreien einen unsicheren Blick zu, dann drehte er sich um. »He, Piet! Fahr doch mal ein bisschen leiser. Wir wollen hören, ob die noch da sind.«
Irgendwo auf der Steuerbordseite vor ihnen brummte der Schiffsmotor.

»Hoffentlich erwischen die uns nicht. Sie sind sehr schnell«, sagte Piet besorgt.

»Wir könnten uns ja hinter sie setzen«, schlug Sternberg vor.

»Ungern!«, rief Piet. »Ich bin bei Wettrennen lieber vorn.«

»Wir sind wahrscheinlich sowieso schon hinter ihnen«, meinte Simon und lauschte wieder. »Nein, sie sind noch weiter auf die Steuerbordseite geraten, ich höre sie kaum noch. Los, machen wir, dass wir den Hafen erreichen!«

Die *Strandflieder* lief nun volle Kraft voraus. Fünfzehn Minuten später erreichten sie sicher den Hafen. Obwohl keiner von ihnen körperlich gearbeitet hatte, fühlten sie sich alle außer Atem.

Sie warteten, aber das unbekannte Schiff hatte offenbar abgedreht.

»Das ist es!«, sagte Sternberg so laut, dass er über seine eigene Stimme erschrak. Vor ihm lag der Inhalt der Tonne säuberlich ausgebreitet im Glaskasten des Hamburger Instituts für Strahlenforschung. »Sie haben doch einen Fehler gemacht!« Er betrachtete befriedigt den Arbeitskittel mit der Aufschrift **La Hague.** »Toll«, fügte er hinzu. »Fast enttäuschend, dass es plötzlich so schnell gehen soll.«

»Vielleicht geht es ja gar nicht so schnell«, meinte Carla. »Mir kommt die Geschichte eher wie ein dummer Trick vor. Warum sind alle Etiketten sorgfältig abgetrennt worden, und plötzlich steht auf einem Kittel, der noch dazu um einen Brennstab gewickelt war, *La Hague?*«

Sternberg lief hin und her, ohne zu antworten.

Carla sah ihm eine Weile zu, dann wurde ihr das Quietschen seiner Turnschuhe zu viel, und sie sagte: »Hör doch bitte auf, so herumzulaufen!«

Sternberg blieb ruckartig stehen. »Wieso soll ich nicht hin und her laufen, wenn mir danach ist?« Er hatte sein Kinn angriffslustig nach vorn geschoben.

»Weil es mir auf die Nerven geht«, antwortete Carla.

»Mir geht es auf die Nerven, wenn du an mir herumkrittelst. Ich will nachdenken und dabei herumlaufen können.« Seine Stimme klang scharf.

»In Ordnung«, sagte Carla, griff nach ihrer Tasche und verließ den Raum. Leise schloss sie hinter sich die Tür.

Sternberg lief weiter auf und ab, aber er kam sich nach kurzer Zeit lächerlich vor. Er dachte nicht mehr wirklich über den Fall nach, sondern vielmehr an Carla.

Sternberg zögerte, aber dann ging er entschlossen zur Tür und riss sie auf. Der lange Gang mit den weißen Kacheln lag verlassen vor ihm. Plötzlich tat es ihm Leid, dass er Carla so angefahren hatte. Wieso hatte er so empfindlich reagiert? Vielleicht, weil sie den Hinweis auf La Hague bezweifelte, während er ihn ernst genommen hatte.

Er ging zurück ins Zimmer und warf noch einmal einen Blick auf den ausgebreiteten Müll.

Wahrscheinlich hatte Carla recht. Sternberg nahm seinen Mantel, den er über einen Stuhl geworfen hatte, und klopfte an die Nebentür. »Dr. Steffen?«

Dr. Steffen öffnete und sah ihn fragend an.
»Hören Sie, die Sachen werden gleich von meinen Kollegen abgeholt. Es tut mir Leid, dass wir Sie schon wieder behelligen mussten, aber das war vermutlich das letzte Mal.«
Dr. Steffen machte eine abwehrende Handbewegung. »Ach was, wir haben doch gern geholfen«, antwortete er.
Sternberg wandte sich um, blieb dann aber doch zögernd stehen. Er wollte sicher sein, dass das Schild **La Hague** nicht verschwand. Es war bestimmt besser, auf die Kollegen von der Kripo zu warten. Seufzend setzte er sich auf den einzigen Plastikstuhl im Labor.
»Sie können gern gehen, Kommissar Sternberg!«, rief Dr. Steffen durch die offene Tür. »Ich bleibe sowieso noch. Ich hab noch etwas aufzuarbeiten.«
Sternberg zog seinen Jackenärmel zurück. Es war fünf Minuten nach zehn abends. »Arbeiten Sie öfter so lange?«, fragte er.
Dr. Steffen kam zu ihm herüber, und Sternberg musterte das hagere Gesicht des Physikers. Es gab keinen Grund anzunehmen, dass Dr. Steffen Beweismaterial verschwinden lassen würde. Trotzdem war Sternberg vorsichtig. »Nein, ich bleibe noch, weil ich mit den Kollegen etwas besprechen muss.«
Sternberg rutschte auf dem kalten Plastikstuhl herum. Die Zeit schien einzufrieren in diesem Raum, der einer hygienischen Leichenhalle glich.
Endlich, nach zwanzig Minuten, hörte er Schritte auf dem Flur, und seine Kollegen trafen ein. Sogleich war

alles mit geschäftigen Geräuschen erfüllt. Zwei Beamte trugen den strahlensicheren Behälter, die anderen packten irgendetwas aus und witzelten dabei müde herum. Dr. Steffen und ein zweiter Institutsangestellter halfen ihnen, den Behälter ins Innere des Strahlenschutzraums zu schleusen.

»Gut«, sagte Sternberg, »dann kann ich ja jetzt gehen.«

Sternberg nickte den Beamten zu und verabschiedete sich von Dr. Steffen.

Nachdem er den weißen Flur entlanggegangen war, erreichte er die Eingangshalle mit den traurigen Gummibäumen und lief eilig die Stufen zur Straße hinunter. Es war inzwischen halb elf geworden. Wenige Stunden zuvor hatte sie ein Polizeihubschrauber samt Tonne nach Hamburg geflogen.

Die *Strandflieder* lag noch vor Juist, wollte aber am nächsten Tag Richtung Holland auslaufen. Piet war sicher, dass er noch mehr finden würde.

Sternberg schaute sich suchend um. Den zivilen Polizeiwagen, mit dem sie gekommen waren, konnte er nirgends entdecken.

Sie hat den Wagen genommen, dachte er verärgert. Sie hat mich einfach hier sitzen lassen!

Er stellte sich an den Straßenrand und hielt nach einem Taxi Ausschau. Es hatte zu regnen begonnen, und es kamen viele Autos vorüber, auch viele Taxis, doch alle waren besetzt.

»Verdammt!«, murmelte er und schlug den Mantelkragen hoch. Sie hätte wenigstens hier auf mich warten können.

Endlich sah er das gelbe Leuchtschild eines unbesetzten Taxis in der Dunkelheit. Er sprang auf die Straße und winkte. Der Wagen hielt mit kreischenden Bremsen.
»Zur Polizeizentrale«, sagte Sternberg, während er sich auf den Sitz fallen ließ. Der Fahrer, ein dunkelhäutiger, dünner Mann, warf ihm einen prüfenden Blick zu, sagte aber nichts, sondern nickte.
Vor dem Eingang zum Polizeipräsidium rutschte der Wagen, weil der Fahrer zu schnell bremste. Er lächelte, als handle es sich dabei um einen gelungenen Scherz. Sternberg ließ sich eine Quittung ausstellen und lief durch den Regen auf das erleuchtete Portal zu. Er grüßte die Wache, zeigte seinen Ausweis, grüßte nochmals und ging zum Lift. Als der Fahrstuhl im siebten Stock hielt, stieg Sternberg aus. Auf dem Flur war niemand, aber aus einigen Zimmern hörte er Schreibmaschinengeklapper und Stimmen.
Langsam ging er auf Kommissar Brinkmanns Büro zu. Die Tür war nur angelehnt, und nachdem er sie leise aufgedrückt hatte, sah er Carla neben Brinkmann am Telescreiber stehen.
Sternberg steckte eine Hand in die Jackentasche und versuchte ein möglichst unbeteiligtes Gesicht zu machen.
Carla drehte sich um und lächelte. »Hallo«, sagte sie. »Wir haben das Bild des Toten und die anderen Informationen an die Polizei von Brest und an Simoni in Paris übermittelt. Bin neugierig, was dabei rauskommen wird.«
»Aha«, bemerkte Sternberg. Es klang so sparsam, dass

Brinkmann ihm einen prüfenden Blick über den Rand seiner Brille hinweg zuwarf.

»Gut«, sagte Sternberg daraufhin, obwohl sein Zorn wieder anwuchs.

»Entschuldigen Sie mich einen Moment«, sagte Brinkmann. »Ich hole uns Kaffee.«

»Er ist ja plötzlich so freundlich!« Sternberg schaute auf die Tür, hinter der Kommissar Brinkmann verschwunden war.

»Kein Mensch ist ununterbrochen schlecht gelaunt. Er hat sich gefreut, mit mir diese Schreiben loszuschicken, denn seine Fahndung in diesem Fall war bisher erfolglos.«

Sternberg ertappte sich dabei, dass er wieder auf und ab ging. Er zwang sich, am Fenster stehen zu bleiben, und schaute auf die nasse schwarze Stadt hinaus. Er ärgerte sich noch immer, dass Carla einfach allein losgefahren war.

»Warum hast du das alles eigentlich gemacht, ohne mit mir drüber zu sprechen?«, fragte er leise.

Carla stand noch immer neben dem Teleschreiber. Sie strich mit der Hand über den glatten Deckel. Einen Augenblick fühlte sie sich unsicher, doch dann fixierte sie herausfordernd Sternbergs Rücken. Das ist also wieder mal eine Machtprobe, dachte sie und wollte gerade sagen: Ich hielt es für richtig, dass schnell was geschah. Außerdem war ich sicher, du würdest genauso gehandelt haben. Da murmelte er: »Jetzt sag bloß nicht, dass ich ganz gut zu Greenpeace gepasst haben muss, weil die auch so ein hierarchisches Gehabe an den Tag legen.«

Sternberg lächelte gequält.

»Woher weißt du, was ich sagen will?«

»Ich sehe es dir an. Du hast nämlich ein Gesicht, das alles verrät. Du kannst deine Gedanken nicht verbergen, und das ist auch gut so.« Er machte eine kleine Pause und sagte dann: »Aber, komm, lass uns die Sache vergessen, ja?«

Carla blickte an ihm vorbei aus dem Fenster. Ehe sie antworten konnte, stieß Brinkmann mit dem Ellenbogen die Tür auf, drei Becher mit Kaffee in den Händen balancierend.

»So«, sagte er laut, »nun können wir weitermachen.«

Sie setzten sich um Brinkmanns Schreibtisch, schlürften dünnen heißen Automatenkaffee aus Plastikbechern und gingen zum hundertsten Mal die Liste der Atomfabriken durch. La Hague hatte inzwischen drei rote Punkte, Sellafield zwei, verschiedene Plutoniumfabriken einen Punkt.

»Lass uns doch mal sehen, wer noch keinen Punkt hat«, schlug Carla vor. »Es könnte ja auch ein Atomkraftwerk mit Zwischenlager sein, das seine ausgebrannten Brennstäbe loswerden wollte.«

»Nein, das glaube ich nicht«, sagte Sternberg. »Ich bin ziemlich sicher, dass die Tonne von einer Wiederaufbereitungsanlage stammt.«

 »Wieso?«, fragte Brinkmann.

»Weil die Brennstäbe nicht vollständig sind. Wenn sie aus einem AKW oder einem Zwischenlager wären, dann müssten sie vollständig sein. Aber in einer WAA wird das Uran herausgelöst.« Sternberg machte eine Pause. Als er Brinkmanns fragenden Blick sah, fuhr er erklärend fort: »Das Uran abgebrannter Kernbrennstäbe ist nicht mehr radioaktiv genug, um die Kettenreaktion in einem Atomkraftwerk aufrechtzuerhalten. Deshalb werden bei der Wiederaufbereitung die einzelnen radioaktiven Elemente getrennt, angereichert und wieder zu neuen Brennstäben verarbeitet.«

»Und woher kommt das Plutonium?«, fragte Brinkmann.

»Es entsteht im Lauf der Wiederaufbereitung.« Sternberg grinste plötzlich. »Man kann Atombomben daraus machen, aber wenn die Abrüstung so weitergeht, werden sie auf ihrem Plutonium bald sitzen bleiben.«

Kommissar Brinkmann starrte Sternberg an. »Sie haben ja wirklich Ahnung«, sagte er dann.

Sternberg grinste und zog eine feine Linie auf der Liste. Bei Nr. 42 blieb sein Stift stehen. »De Panne, Wiederaufbereitungsanlage an der französisch-belgischen Grenze. Wird gemeinsam von französischen und belgischen Energiekonzernen betrieben«, las er halblaut.

»Lasst uns doch mal nachsehen, wie viele Störfälle die schon hatten«, sagte er und gab den Namen De Panne in den Computer ein. Innerhalb weniger Sekunden erschien ein längerer Text auf dem Bildschirm.

Sternberg las laut vor, während er gleichzeitig mit einer Taste den Befehl gab, den Text auszudrucken.

»Fertiggestellt 1988, verarbeitet Brennstäbe aus Frankreich, Belgien, Holland, Spanien und der Bundesrepublik.

Störfälle achtzehn, jedoch keine bedeutenden ... was immer das heißen mag«, fügte er hinzu.

»Die sind ja richtig unauffällig«, meinte Carla. »Allerdings ist der Name De Panne nicht gerade günstig für eine WAA.«

Brinkmann stieß ein meckerndes Lachen aus. Sternberg hob die Augenbrauen, und seine Mundwinkel zuckten.

»Die wollen vermutlich auch unauffällig bleiben«, antwortete er. »Und deshalb werden wir sie unter die Lupe nehmen.«

»Aber wir können doch nicht auf gut Glück dorthin fahren und Verdächtigungen aussprechen! Das kann eine Menge Ärger geben!«

Brinkmann verschüttete in der Aufregung etwas Kaffee und säuberte seinen Schreibtisch mit einem Papiertaschentuch.

»Es wird uns nichts anderes übrig bleiben – es sei denn, unser Toter wird in La Hague vermisst, was mich sehr wundern würde«, meinte Carla.

Am nächsten Morgen rief Simoni in der Hamburger Polizeizentrale an. Sternberg und Carla waren gerade dabei, ihre Unterlagen für die Ermittlungen in Belgien zusammenzustellen.

»Ich fahre selbst nach La Hague«, rief Simoni ins Telefon, als Carla sich meldete. »Das wird mir zwar weiteren Ärger einbringen, aber ich werde es trotzdem tun. La Hague war mir schon immer ein Dorn im Auge. Dauernd passiert dort was, und die Atomenergiebehörde hindert uns daran zu ermitteln. Wenn ich Ihnen erzähle, welche Katastrophenpläne dort in den Schubladen liegen, dann wird Ihnen übel ...«

Carla lauschte. »Mein Gott«, sagte sie einmal.

Sternberg sah auf. Carla stand am Telefon und schüttelte den Kopf, dann trommelte sie mit der Faust auf den Schreibtisch. Sternberg zog fragend die Augenbrauen hoch, aber Carla runzelte nur die Stirn.

»Ja, so ungefähr habe ich mir das immer schon vorgestellt«, sagte sie nach einer Weile.

Sternberg schloss die Aktentasche und zeigte vor Carlas Augen auf seine Armbanduhr.

»Monsieur Simoni, ich muss Schluss machen. Wir fliegen in einer Stunde nach Belgien. Wir überprüfen De Panne. Ich gebe Ihnen die Telefonnummer unseres Hotels. Es heißt Sur Mer. Melden Sie sich, wenn Sie in La Hague angekommen sind. Ciao.«

Sternberg und Carla griffen nach ihren Koffern und winkten Kommissar Brinkmann zu.

»Ich komme, wenn Sie etwas gefunden haben!«, rief er ihnen etwas wehmütig nach.

Vor dem Polizeipräsidium wartete ein Dienstwagen auf sie. Beim Einsteigen klemmte Sternbergs heller Mantel in der Tür. Er seufzte, als er den dunklen Ölfleck auf dem Stoff bemerkte.

Der Wagen setzte sich in Bewegung. Ein junger Polizeibeamter in Zivil saß am Steuer.

»Na, wohin geht die Reise?«, fragte er.

»Pst, Geheimauftrag«, antwortete Carla und legte einen Finger auf die Lippen.

»Möcht ich auch mal haben, 'nen Geheimauftrag«, sagte der Fahrer.

Eine halbe Stunde vor dem Abflug der Maschine nach Brüssel erreichten sie den Flughafen Fuhlsbüttel. Sie gaben ihre Koffer ab, nur die Tasche mit den Ermittlungspapieren für die belgischen Kollegen nahm Sternberg als Handgepäck mit sich.

»Meinst du, dass die immer noch hinter uns her sind?«, fragte er und sah sich prüfend im Warteraum um.

Eine dicke Frau reichte zwei dicken Kindern Coladosen. Geschäftsleute mit schmalen, rechteckigen Aktenkoffern standen gelangweilt herum, sahen nervös auf die Uhr, lasen Zeitung, gingen auf und ab. Es wurde Französisch und Flämisch gesprochen. Jedes Mal, wenn der Lautsprecher erklang, hoben alle die Köpfe und lauschten angestrengt. Wie auf allen Flughäfen und Bahnhöfen der Welt konnte man die Ansagen nur mühsam verstehen. Mehrmals setzten sich ein paar Leute entschlossen in Bewegung, um zu einem der Ausgänge zu gehen, blickten sich dann unsicher um, weil ihnen keiner folgte, blieben schließlich stehen, um unauffällig zu den Mitreisenden zurückzukehren.

»Bisher konnte ich keinen entdecken, der so aussieht, als wolle er uns die Tasche abnehmen«, meinte Carla.

Endlich kam der Aufruf für die Maschine nach Brüssel. Nebeneinander betraten sie den schmalen, tunnelartigen Gang, wurden kontrolliert und zeigten ihre Dienstausweise, die sie berechtigten, ihre Waffen mit an Bord des Flugzeugs zu nehmen. Am Ende des Tunnels gelangten sie direkt in den Passagierraum und wurden von einer Stewardess zu ihren Plätzen begleitet. Sie ließen sich in die weichen hellbraunen Sessel fallen.

»Ich hab eine tolle Geschichte für dich. Sie ist so aufregend, dass du gar nicht merken wirst, dass wir fliegen«, sagte Carla und lächelte Sternberg aufmunternd zu.

Er sah sehr grimmig aus und strich nervös über den Aktenkoffer. Carla wusste, dass er es hasste zu fliegen.

»Vielleicht ist es eine Geschichte über jemanden, der ungern fliegt und seinen eigenen Absturz verschläft?«, fragte Sternberg und legte den Sicherheitsgurt an.

»Nein, so gemein bin ich nicht.«

Sternberg winkte der Stewardess. »Bringen Sie mir bitte einen Whisky. Ich habe schwer gegessen.«

Die junge Frau sah ihn besorgt an. »Soll ich Ihnen eine Tablette bringen?«, fragte sie.

»Nein, ich habe Sie um einen Whisky gebeten!«

»Entschuldigung«, sagte die Stewardess und wandte sich an Carla. »Wünschen Sie auch etwas zu trinken?«

»Nein, danke.«

Die Stewardess rückte ihr Käppchen zurecht und entfernte sich.

»Ich trinke nie Whisky«, murmelte Sternberg. »Ehrlich gesagt mag ich ihn nicht mal besonders. Aber er beruhigt meine Nerven schlagartig.«

Die Stewardess kehrte zurück und reichte ihm ein Glas, das mit einer goldbraunen Flüssigkeit gefüllt war. »Wir starten in einer Minute«, sagte sie und kontrollierte die Sicherheitsgurte.

Sternberg trank das Glas in einem Zug leer, dann lehnte er sich zurück und schloss die Augen.

»Hast du Angst?«, fragte Carla leise.

Sternberg öffnete ein Auge. »Ein Kommissar hat nie Angst.«

»Nein?«

»Natürlich habe ich Angst, aber ich kann es aushalten – zumindest mit dem scheußlichen Gebräu im Bauch und wenn du neben mir sitzt.«

Carla lächelte und legte ihre Hand auf seinen Arm.

Die Maschine setzte sich langsam in Bewegung, und das Stimmengewirr der Passagiere verebbte. Das Flugzeug wurde schneller, raste schließlich über die Startbahn und hob unerwartet sanft vom Boden ab. Sie zogen eine weite Schleife über den Hafen und flogen dann nach Westen.

Sternberg öffnete die Augen.

»Ist dir eigentlich schon aufgefallen, dass Flugzeuge immer dann abheben, wenn man die Beschleunigung nicht mehr aushalten kann und Halt! schreien möchte?«, fragte er.

»Nein, aber du könntest Recht haben.« Carla zog ihre Hand von seinem Arm zurück.

»Du könntest sie ruhig noch ein bisschen liegen lassen.«

Carla schüttelte den Kopf. »Jetzt hör mal zu. Simoni hat mir am Telefon von dem Katastrophenplan von La Hague erzählt. Er ist streng geheim, und Simoni hätte ihn keinesfalls ausplaudern dürfen. Aber er hat so eine Wut auf die

Atomindustrie und seine eigene Regierung, dass ich mir Sorgen um ihn mache.«

»Sehr ungewöhnlich für einen französischen Polizeibeamten im höheren Dienst«, meinte Sternberg und ließ seinen Blick über die grünen Wiesen Ostfrieslands gleiten.

»Simoni erzählte mir, dass er auf einen Plan gestoßen sei, der bei einem größeren Störfall in La Hague in Kraft treten soll. Die Wiederaufbereitungsanlage liegt auf einer Halbinsel. Ein paar Hundert Leute leben dort, vor allem Bauern und ihre Familien. Wenn also ein größerer Störfall eintritt, zum Beispiel Plutonium entweicht, dann wird diese Halbinsel vom Festland abgesprengt. Die Sprengladungen sind schon seit Jahren installiert, und notfalls sollen noch Bomben eingesetzt werden. Die Menschen auf der Halbinsel sollen auf diese Weise daran gehindert werden, aus dem Gefahrenbereich zu fliehen, weil sie derart verseucht sein können, dass sie eine Gefahr für die anderen darstellen.«

Sternberg schloss die Augen wieder. »Ja«, sagte er langsam, »so ähnlich habe ich mir das vorgestellt.«

»Genau das habe ich vorhin zu Simoni gesagt.«

De Panne war eine kleine Stadt inmitten grüner Marschwiesen. An der Hauptstraße standen graue, zweistöckige Bürgerhäuser aus dem neunzehntes Jahrhundert. Es gab einen kleinen Hafen, Fischrestaurants und viele Pommes-frites-Buden. Vor den Gasthäusern wurden auf großen Schildern frische Miesmuscheln angepriesen.

Der Himmel war blauschwarz, als Sternberg und Carla aus ihrem Mietwagen stiegen. Die Sonne beschien eine Wolkenwand über dem Ärmelkanal. De Panne wirkte in dieser eigenartigen Beleuchtung wie eine Filmkulisse.

Carla und Sternberg bezogen ihre Zimmer im Hotel Sur Mer, von dem aus man natürlich das Meer nicht sehen konnte. Es war ein altes Hotel voller Plüschmöbel und Spitzenvorhänge. Der Speiseraum war in einer Glasveranda untergebracht, und es roch nach Fisch und Muschelsud. Es gab nur wenige Gäste um diese Jahreszeit: ein paar Handelsvertreter und ein älteres Ehepaar. Der Wirt war ein hagerer, blasser Mann mit grauen, buschigen Haaren. Seine Augenbrauen waren sehr dicht und wölbten sich über kleinen, lebhaften Augen, die von vielen Falten umgeben waren. Er trug eine weiße, lange Schürze und passte sehr gut zu seinem Hotel – so, als stamme er selbst aus dem vergangenen Jahrhundert. Er hieß Valier, und während Carla und Sternberg ihren Kaffee tranken, polierte er den Kupfertresen und kramte ständig in ihrer Nähe herum.

»Möchten Sie heute Abend Muscheln essen?«, fragte er.

»Das ist eine gute Idee!« Carla bekam von Sternberg für ihre Antwort einen leichten Tritt gegen das Bein.

»Es gibt fantastische Muscheln in diesem Jahr«, sagte Valier und lehnte sich über den Tresen.

»Leben Sie schon lange in De Panne?«, fragte Carla.

»Ich bin hier geboren und war immer zufrieden hier. Es ist ein schöner Ort.«

»Kommen viele Leute hierher, um Urlaub zu machen?«

»Nun«, der Wirt wiegte den Kopf, »früher war es sehr gut, aber in den letzten Jahren ist es immer schlechter geworden. Junge Familien kommen gar nicht mehr, nur die alten Stammgäste. Das liegt an dem Monstrum, das sie uns vor die Nase gesetzt haben, obwohl über die Hälfte der Bevölkerung dagegen war. Diese Atomfabrik!« Er sah sich um und sprach leise weiter: »Manche sagen, dass das Wasser verseucht sei und man die Fische nicht mehr essen könne, die in der Gegend gefangen werden.«

»Und die Muscheln?«, fragte Sternberg.

Valier lachte; dabei wurden seine langen gelben Zähne sichtbar. »Keine Angst, die stammen aus Frankreich! Ich bin doch nicht verrückt und verkaufe Muscheln aus De Panne.« Er polierte seinen Zapfhahn. »Für mich ist das alles nicht so schlimm. Ich habe mein Auskommen und will inzwischen nicht mehr. Aber andere haben Pleite gemacht. Sie hatten größere Hotels, und dann kamen keine Gäste mehr. Meine Kinder sind weggezogen und viele andere Leute auch. Dafür kamen solche, die in der Wiederaufbereitungsanlage arbeiten. Vielleicht haben sie den neuen Teil von De Panne gesehen. Dort wohnen diese Leute.« Er musterte Carla und Sternberg prüfend. »Sie wollen doch sicher auch keinen Urlaub hier machen ...? Jedenfalls sehen sie nicht so aus.«

»Wie sehen wir denn aus?«, fragte Carla.

»Ich würde Sie für Leute halten, die beruflich unterwegs sind. Nicht gerade für Geschäftsleute, eher etwas außerhalb der Norm. Aber ich könnte nicht genau sagen, warum.« Er rieb heftig sein Ohr und sah plötzlich sehr wachsam aus. »Haben Sie vielleicht etwas mit der Atomfabrik zu tun?«

Sternberg lachte. Valiers Vermutung war noch schlimmer, als für einen Polizisten gehalten zu werden. »Nein, oder besser gesagt, nur indirekt. Wir suchen einen Verwandten, der hier gearbeitet haben soll. Haben Sie vielleicht auch manchmal Gäste, die bei der WAA beschäftigt sind?«

»Manchmal kommen welche zum Essen oder Kartenspielen. Es ist nicht viel los hier.«

Sternberg zog das Foto des Toten aus seiner Jackentasche und reichte es Valier. »Haben Sie diesen Mann schon mal gesehen? Er arbeitet mal hier, mal da, aber er hat sich schon lange nicht mehr bei seiner Familie gemeldet. Seine Mutter macht sich Sorgen. Die letzte Nachricht von ihm kam aus De Panne.«

Valier trocknete seine Hände sorgsam an der großen Schürze und nahm die Fotografie mit zwei Fingern. Er betrachtete sie lange und warf dann einen misstrauischen Blick auf Sternberg. »Der Mann sieht komisch aus. Schläft er?«

»Ja, wir haben dummerweise nur das eine Foto, und ausgerechnet darauf schläft er.«

Valier schüttelte den Kopf. »Nein, ich habe ihn noch nie gesehen. Aber gehen Sie doch mal ins Café Eve unten am Hafen. Da treffen sich viele Arbeiter. Es gibt dort Spielautomaten, Musik, Mädchen. Fragen Sie doch da mal rum.«

»Danke, das werden wir tun.«

»In zwei Stunden ist die Tagschicht zu Ende, dann kommen die Leiharbeiter haufenweise ins Eve.«

»Dann werden wir uns erst mal ein bisschen die Gegend ansehen, und heute Abend essen wir Muscheln bei Ihnen.«

Valier nickte und verschwand in der Küche.

Sternberg und Carla traten auf die Straße. Möwen kreisten über den Häusern, und die schräg stehende Sonne beleuchtete die Straßen. Es roch nach Salzwasser und dem heißen Öl einer Pommes-Bude.

»Ich habe vorhin mit Greenpeace telefoniert«, sagte Sternberg. »Die *Strandflieder* trifft spätestens morgen hier ein und wird Messungen vor De Panne durchführen. Es ist vielleicht ganz günstig für uns, wenn der Werkschutz durch die Greenpeacer abgelenkt wird.«

Carla lächelte. »Das ist ein ganz gemeiner Trick!«

»Ja, aber die Gegenseite ist mit Sicherheit viel gemeiner«, erwiderte Sternberg mit Nachdruck. »Lass uns doch mal das Monstrum, wie Valier sagte, in Augenschein nehmen.«

Sie stiegen in den weißen Peugeot, den sie in Brüssel gemietet hatten, und fuhren langsam durch die Stadt.

Carla dachte an die Ankunft in Brüssel. Sie hatten mit den Kollegen von der Kripo und dem Umweltdezernat gesprochen. Die Beamten waren sehr höflich gewesen, aber keineswegs hilfsbereit. Einen Störfall in De Panne hätte es nicht gegeben; De Panne sei eine erstklassige Anlage. Die Kollegen betrachteten es fast als unfreundlichen Akt, dass Sternberg und Carla in De Panne ermitteln wollten. Aber nach einigen Diskussionen hatten sie sich dann doch bereit erklärt, die Beamten in De Panne zu informieren und die Ankunft der deutschen Kollegen anzukündigen.

Außerhalb der Stadt bog Sternberg in eine neue, breite Straße ein, die zum Meer führte. Kaum hatten sie den Deich hinter sich gelassen, erblickten sie die Wiederaufbereitungsanlage. Drei riesige rechteckige Betonklötze mit mehreren Schornsteinen lagen am Horizont auf einer Landzunge, die sich in den Ärmelkanal hinausschob.

Sie kamen nicht weit, denn das Gelände der Atomfabrik war weiträumig mit einem hohen Sicherheitszaun abgesperrt. Drei Schlagbäume schützten das Tor. Mehrere bewaffnete Werkschutzleute kontrollierten jedes Fahrzeug.

»Ende!«, sagte Sternberg und stoppte den Wagen am Straßenrand. »Ende der Republik Belgien. Hier beginnt der Staat De Panne!« Er stützte seine Arme auf das Steuerrad und beobachtete das Tor.

Die Werkschutzleute sahen zu ihnen herüber, doch sie wurden von einem anderen Fahrzeug abgelenkt, das langsam an dem weißen Peugeot vorbeirollte. Es war ein riesiger Spezialtransporter, dem ein Polizeifahrzeug mit Blaulicht voranfuhr.

»Ein Transporter für abgebrannte Brennstäbe – französisches Kennzeichen. Klar: De Panne entsorgt Gravelines mit seinen sieben Reaktorblöcken, Penly und Chooz mit den drei Atomkraftwerken, Cattenom mit drei, Nogent mit dreien – oder sind es sogar vier?«

»Woher weißt du das?« Sternberg sah Carla erstaunt an.
Sie machte ein Gesicht wie eine Musterschülerin. »Ich habe es nachgelesen, weil es mich interessiert. Der ganze Mist wird über Landstraßen transportiert, mit einem Polizeifahrzeug als Geleitschutz. Willst du noch mehr wissen?«
Sternberg nickte.
»Außerdem werden Brennstäbe aus den belgischen Anlagen Doel und Tihange angeliefert, aus Dodeward und Borselle in Holland, aus Dungeness, Bradwell, Winfrith und Sizewell in Großbritannien, von dort allerdings auf dem Seeweg. Zu alldem kommen noch Brennelemente aus Lemoniz und Sta. Maria de Garona in Spanien, aus Jülich, Mülheim-Kärlich ...«
»Halt!«, rief Sternberg und starrte Carla an. »Bist du ein Computer?«
»Nein«, antwortete sie verschämt. »Ich lese es von einem Zettel ab, den ich auf meinen Knien liegen hab.« Sie hob ihre Handtasche hoch und zeigte ihm den Zettel.
Sternberg schüttelte den Kopf. »Und ich dachte schon, du seist wirklich so gründlich informiert.«
»Was machen wir jetzt?« Carla ignorierte seine Bemerkung.
Sternberg sah auf seine Uhr. »Es ist bald Schichtwechsel hier draußen. Sieh nur, da kommen sie ja schon von allen Seiten. Wir könnten uns allmählich ins Café Eve begeben.«
Die breite Straße hatte sich belebt. Von beiden Seiten passierten Fahrzeuge das Werkstor. Carla und Sternberg

beobachteten eine Weile, wie jeder einzelne gründlich kontrolliert wurde, dann wendete Sternberg den Peugeot.

Rosarote Leuchtbuchstaben, umgeben von flimmernden Neonröhren, zeigten weithin sichtbar das Café Eve an. Es war schon fast dunkel, als Carla und Sternberg über das holperige Pflaster auf das Lokal zugingen. Die Fenster des Cafés waren mit rosafarbenen Plastikherzen beklebt.

»Sieht aus wie ein Bordell«, sagte Sternberg und legte seine Hand auf den Türgriff.

»Nur nicht so schüchtern!« Carla stieß ihn leicht an.

Sie betraten das Eve und blieben verblüfft stehen. Ein riesiger dunkler Raum mit einer langen Bartheke öffnete sich vor ihnen. Eine Wendeltreppe führte in einen noch größeren Saal hinab, in dessen Mitte sich eine Tanzfläche befand. An den Wänden standen Dutzende von Spielautomaten. Es roch nach kaltem Rauch, und die wenigen Gäste, dunkelhäutige Marokkaner, Tunesier oder Algerier nahmen sich verloren aus. An der Bar lehnten einige blonde, stark geschminkte Mädchen. Die Musik war nicht sehr laut, und die Mädchen an der Bar warfen Carla prüfende Blicke zu.

»Sie halten dich für Konkurrenz.« Sternberg grinste. »Aber du machst dich ja auch ganz gut.«

»Oh, Mann!«, antwortete Carla.

Sie gingen zur Bar und bestellten Bier. Der Barkeeper war ebenfalls Nordafrikaner.

»Und jetzt?«, fragte Sternberg.
»Jetzt warten wir, bis die Schichtarbeiter kommen. Aber wir können ja bei den Mädchen anfangen. Lass mich das machen, ich seh ein bisschen südländisch aus und gehe leicht als Schwester des Toten durch.«
Carla schlenderte zu den Frauen hinüber, die sie mit herausfordernden Blicken empfingen. »Bonsoir.«
Die Mädchen nickten.
»Ich spreche Sie an, weil ich Ihre Hilfe brauche.« Carla blickte verlegen auf den Boden. »Ich weiß, es ist ungewöhnlich, wenn eine Frau hier hereinkommt. Es ist auch nicht leicht für mich ..., aber ich bin auf der Suche nach meinem Bruder. Er ist verschwunden. Meine Mutter macht sich große Sorgen um ihn. Vielleicht haben Sie ihn gesehen?«
Die Mädchen standen unbeweglich an der Bar und sahen Carla an. Eine von ihnen – sie trug ein rosa Kleid und große rosa Ohrringe – antwortete schließlich: »Wer ist denn Ihr Bruder?«
Carla wühlte in ihrer Tasche und förderte das Foto zu Tage. Sie reichte es mit einem hoffnungsvollen Lächeln dem rosa Mädchen, das lange auf das Bild schaute und es dann weiterreichte.
Sternberg beobachtete die Szene und fand, dass Carla ihre Rolle sehr überzeugend spielte. Immer mehr Männer strömten währenddessen in das Lokal. Sie standen in Gruppen herum, tranken Kaffee aus kleinen Tassen, rauchten und redeten. Es waren fast ausschließlich Nordafrikaner. Sternberg sah wieder zu Carla hinüber. Die

Mädchen gaben ihr das Foto zurück, zuckten die Achseln und schüttelten die Köpfe.

Carla ging zur Bar zurück und trank einen Schluck Bier. »Angeblich hat keine ihn je gesehen«, sagte sie enttäuscht.

»Es wäre ja auch zu schön«, antwortete Sternberg. »Dann machen wir eben die Runde. Viel Spaß!«

Getrennt gingen sie von einem zum anderen, von Gruppe zu Gruppe.

Carla wurde von den Männern angestarrt, aber mit Respekt behandelt, sobald sie ihr Anliegen vortrug. Sie hatte ungefähr zwanzig Männer befragt, als sie plötzlich am Arm festgehalten wurde.

»Was machen Sie eigentlich?«

Sie wandte sich um. Ein dicker, großer Mann mit Glatze stand neben ihr. Er war offensichtlich Belgier oder Franzose, jedenfalls sah er im Gegensatz zu den meisten Gästen sehr europäisch aus.

»Ich suche meinen Bruder.«

»Was ist mit Ihrem Bruder?«

»Er ist verschwunden und hat zuletzt in De Panne gearbeitet.«

Der Mann musterte sie mit zusammengekniffenen Augen. »Sind Sie von der Polizei?«, fragte er leise.

»Nein, wie kommen Sie denn auf die Idee? Die Polizei behauptet, mein Bruder sei nie in De Panne gewesen.«

»Wahrscheinlich war er auch nie hier, wenn die Polizei das sagt. Ich will nicht, dass Sie hier rumschnüffeln.« Der Griff um Carlas Arm wurde härter.

Da schlenderte Sternberg herbei. »Guten Abend«, sagte er höflich. »Sind Sie der Besitzer dieses Cafés?«

Die Augen des Mannes flackerten einen Augenblick unsicher. »Ich bin der Geschäftsführer«, antwortete er dann unfreundlich.

»Genau Sie wollte ich sprechen. Haben Sie diesen Mann hier schon einmal gesehen? Er ist der Bruder meiner Frau.«

Sternberg legte den Arm um Carla, und der dicke Mann ließ sofort ihren Arm los. Widerwillig nahm er die Fotografie. »Nein«, sagte er schnell. »Ich habe ihn nie gesehen. Außerdem ist es hier so voll, dass man sich einzelne Gesichter sowieso nicht merken kann. Die sehen doch alle gleich aus!«

»Finden Sie?« Sternbergs Stimme klang harmlos, aber Carla konnte an seinen Augen sehen, dass er am liebsten zugeschlagen hätte.

»Außerdem wechseln die so schnell, dass man nicht mitkommt.« Der Geschäftsführer des Eve hatte einen verächtlichen Ausdruck im Gesicht.

»Und warum wechseln sie so schnell?«

Der Mann starrte Sternberg wütend an. »Wollen Sie mich für dumm verkaufen?«

»Ich? Warum sollte ich? Ich suche nach meinem Schwager.«

»Dann stellen Sie nicht so blöde Fragen, sondern verschwinden Sie!«

»Ich dachte, das sei ein öffentliches Lokal?«

»Ja, aber nicht für Schnüffler!«

»Nur für Leiharbeiter, wie?« Sternbergs Stimme hatte einen metallischen Klang.

Der Mann atmete tief ein und wippte dann auf den Zehenspitzen.

Sternberg lächelte sanft. »Wir gehen gleich. Wir wollen nur noch unser Bier austrinken. Sie erlauben doch?«

Er schob den Geschäftsführer zur Seite, nahm Carlas Arm und ging mit ihr zur Bar zurück.

»Dieser Laden ist oberfaul«, sagte er.

Carla nickte. Sie nahmen ihre Biergläser und beobachteten die Umstehenden. Die Männer diskutierten heftig und blickten sich immer wieder nach den beiden Polizeibeamten um. Der dicke Geschäftsführer verschwand durch eine Tür hinter der Bar.

»Ich werde jetzt auf die Toilette gehen«, sagte Carla, nachdem er verschwunden war. »Wenn eines der Mädchen etwas weiß und es auch sagen will, dann ist das die einzige Chance.«

»Pass gut auf dich auf.«

Carla kniff ein Auge zu und drängte sich auffällig zwischen den Gästen hindurch in Richtung Toilette. Ein trauriger, blaugrau gestrichener Gang führte zum Damenklo. Carla sah sich um, aber niemand folgte ihr. Sie öffnete die Toilettentür. Es sah dort so aus, wie sie sich die Toilette des Eve vorgestellt hatte: abgeblättertes Rosa, unangenehmer Geruch – eine Mischung aus Parfüm und Desinfektionsmitteln –, ein Korb voll benutzter Papierhandtücher, eine Pfütze Wasser unter dem schmuddeligen Waschbecken.

Carla tastete nach der Pistole, die sie im Schulterhalfter trug, dann öffnete sie ihre Tasche und zog einen Kamm und ihren Lippenstift heraus. Sie trödelte herum, wusch sich die Hände, betätigte die Wasserspülung, kämmte sich dreimal.

Nichts tat sich.

Als sie sich schließlich wieder der Tür zuwandte, um zu gehen, hörte sie Schritte. Schnell trat sie wieder vor das Waschbecken und beobachtete im Spiegel die Tür.

Das rosa Mädchen kam herein und stellte sich neben sie.

»Heiß da drinnen, nicht wahr?«, sagte die junge Frau laut und schob dabei blitzschnell einen Zettel zu Carla hinüber. »Gehen Sie«, flüsterte sie und verschwand in der Klokabine.

Carla steckte den Zettel in ihre Jackentasche und verließ den Waschraum. Die Musik war inzwischen lauter geworden, und einige Mädchen tanzten mit den Arbeitern. Die Spielautomaten rasselten und blinkten. Carla trank ihr Bier aus.

»Lass uns gehen, ich hab schon bezahlt«, sagte Sternberg.

Die Blicke des Geschäftsführers folgten ihnen und auch die einiger Gäste.

Carla ging sehr zielstrebig an der Hafenmole entlang.

»Wo willst du hin?«, fragte Sternberg.

»Zur dritten hellen Laterne«, antwortete sie.

»Warum ausgerechnet zur dritten?«

»Weil ich einen Zettel in meiner Tasche habe, den ich ungestört lesen will!«

Sie blieben erst unter der vierten Laterne stehen, denn dort verdeckte ein großer Lastwagen die Sicht auf das Eve. Carla faltete den Zettel auseinander.

Gehen Sie rechts bis zur nächsten Straßenecke, biegen Sie in die Straße ein und warten Sie!

Sternberg sah sich um. »Rechts sind wir schon gegangen, und dort drüben ist die Straße. Vielleicht kommt ja der sympathische Dicke mit ein paar Schlägern?«

»Lassen wir uns überraschen.«

Sie überquerten die Straße und stellten sich an den angegebenen Platz. Die Geschäfte hatten schon lange geschlossen, und außer einem alten Mann und seinem Hund war niemand zu sehen. Sie warteten zehn Minuten und begannen zu frieren, denn die Luft war feucht und kalt.

Schließlich verließen zwei Männer das Eve und näherten sich ihnen langsam.

»Pass auf!«, sagte Sternberg leise.

»Das sagst du heute schon zum zweiten Mal.«

Die Männer gingen an ihnen vorüber, ohne sie anzusehen.

»Kommen Sie mit«, sagte der eine und wandte nicht einmal den Kopf dabei.

Carla und Sternberg folgten den Männern in einigem Abstand.

Zwei Straßen weiter blieben die beiden stehen. Ihre Gesichter waren im Dunkel nur zu ahnen, aber es waren Nordafrikaner, so viel konnte Sternberg erkennen.

»Ich kenne den Mann auf dem Foto«, sagte der kleinere der beiden. »Er wohnte neben mir im Wohnheim für Leiharbeiter. Er hieß Hassan al Adr und war Marokkaner wie ich. Hassan ist vor vier Wochen verschwunden. Man sagte mir, er sei nach Hause gefahren, aber er ist tot, nicht wahr?«

»Wie kommen Sie darauf?«, fragte Sternberg.

»Weil ich weiß, wie Tote aussehen. Der Mann auf dem Foto ist tot, und es ist Hassan.«

Sternberg nickte. Der Mann reichte ihm einen Zettel. »Das ist die Adresse des Wohnheims und die Zimmernummer von Hassan. Er ist vom selben Arbeitsvermittler eingestellt worden wie ich. Von Chevalier, dem auch das Eve gehört. Sein Büro werden Sie leicht finden, es steht im Telefonbuch.«

Der Mann klopfte Sternberg auf die Schulter, nickte Carla zu, und dann gingen die beiden weiter, ohne sich noch einmal umzuwenden.

✱

Die Kollegen vom Polizeirevier 2 De Panne waren nur widerwillig bereit, den deutschen Kollegen bei ihren Ermittlungen zu helfen. Einzig ein junger Beamter mit auffallend weißblonden Haaren und roten Backen schien von grimmigem Eifer erfüllt.

»Sehen Sie, Kommissar Sternberg«, sagte sein älterer Kollege, der Charles Mollier hieß und einen müden Gesichtsausdruck hatte, »wir führen hier seit Jahren einen zermürbenden Kleinkrieg gegen mangelnde Sicherheitsvorkehrungen bei Atomtransporten, gegen Drogenhändler, die mit den Nordafrikanern hierher kamen, gegen die Praktiken der Arbeitsvermittler. Die übergeordneten Behörden lassen uns dabei weitgehend im Stich. Hauptsache, die Wiederaufbereitungsanlage läuft einigermaßen reibungslos. Ich glaube nicht, dass wir eine Spur von Ihrem Hassan al Adr finden werden.«

»Aber es ist auch möglich, dass wir sie einmal drankriegen«, wandte de Vries ein, der von der holländischen Grenze stammte.

»Ich weiß nicht mal, ob ich mir das wirklich wünsche«, antwortete Mollier.

Der Einsatzwagen rollte vor dem Eingang des Wohnheims für Leiharbeiter aus. Nur zwei Fenster waren erleuchtet, obwohl es erst halb zehn Uhr abends war.

»Die sind alle im Eve«, erklärte de Vries seinen deutschen Kollegen.

Sie betraten das Haus und klingelten an der Tür des Hausverwalters. Ein kleiner, dünner Mann im Unterhemd öffnete.

»Polizei!« De Vries hielt dem Mann seinen Ausweis vor die Nase. »Wir brauchen eine Auskunft von Ihnen. Kennen Sie diesen Mann?«

Der Hausmeister blinzelte auf das Foto, dann verschwand er in seiner Wohnung und kehrte mit einer Brille zurück.

»Nein!«, sagte er kurz und bestimmt. »Nie gesehen. Hat er was ausgefressen?«

»Vielleicht«, antwortete de Vries ausweichend. »Ich muss

Sie trotzdem bitten, uns das Zimmer siebzehn aufzusperren. Dort soll der Mann nämlich bis vor vier Wochen gewohnt haben.«

»Aber er hat hier nicht gewohnt! Wie heißt er denn überhaupt?«

»Hassan al Adr.«

Der Mann kratzte sich am Ohr und zog seine Hose hoch.

»Nie gehört!«

»Macht nichts. Wir wollen sein Zimmer trotzdem sehen.«

»Aber da wohnt doch einer! Wir können nicht einfach reingehen.«

»Mann, machen Sie keinen Ärger! Wir können hineingehen, wenn ich das sage!« De Vries' Stimme war lauter geworden.

Ärgerlich vor sich hinbrummelnd ging der Mann zu einem großen Schlüsselbrett und suchte umständlich. Schließlich kehrte er mit dem Schlüssel Nummer siebzehn zurück und ging vor ihnen die schmale Steintreppe hinauf. Zimmer siebzehn lag im zweiten Stock. Die Flure und das Treppenhaus waren schmuddelig, die Wände voller Flecken, die Türrahmen abgestoßen.

»Hier ist es!« Der Hausmeister war vor einer Tür stehen geblieben.

De Vries klopfte, aber nichts rührte sich. »Machen Sie auf!«, sagte er scharf.

Der kleine Mann zuckte die Achseln, öffnete die Tür und knipste das Licht an. Der Raum war winzig, gerade groß genug für ein Feldbett, einen schmalen Schrank und einen

Tisch, den man an die Wand klappen konnte. Es passte nur jeweils einer von ihnen in das Verlies. Das Bett war ordentlich gemacht, im Schrank hingen zwei Hosen und zwei Hemden. Außerdem entdeckten sie einen Elektrokocher und ein paar Büchsen mit Bohnen, Tomaten, etwas Hirse und Nudeln. Nichts deutete auf Hassan al Adr hin oder darauf, dass in diesem Zimmer etwas Ungewöhnliches geschehen sein könnte.

»Da ist nichts zu sehen. Hier wohnt Ahmed. Das ist sowieso eines unserer Luxusapartments.« Der Hausmeister grinste.

»Wie lange wohnt Ahmed schon hier?«, fragte Sternberg.

»Ich weiß es nicht genau. Die wechseln so schnell.«

»Gibt es denn kein Buch, in das Sie die Mieter eintragen?«

Der kleine Mann sah unglücklich aus und zog die Schultern hoch. »Die meisten sind gar nicht gemeldet, das wissen Sie doch besser als ich! Das Heim gehört Chevalier, und ich bin nur der Hausmeister.« Er sah de Vries vorwurfsvoll an.

»Ja, ja«, murmelte der junge Polizist. »Aber das kann Sie noch teuer zu stehen kommen.«

Er berührte seine Mütze mit zwei Fingern und drehte sich um. Dann verließen sie das trostlose Gebäude und stiegen wieder in den Polizeiwagen.

»Wir fahren am besten gleich zu Chevalier«, sagte Mollier plötzlich.

»Nanu, du bekommst doch nicht etwa Geschmack an der Sache?«, fragte de Vries erstaunt.

»Nein, aber ich finde es schlimm, wie man hier mit Menschen umgeht!«

De Vries nickte und startete den Motor. Sie fuhren durch den neuen Teil von De Panne. Die Straßen waren breit und leer, die Vorgärten noch nicht angelegt. Chevaliers Haus lag an einem Flüsschen und hatte einen großen Garten mit alten Bäumen.

An dem hohen Eisentor war eine Sprechanlage angebracht. De Vries musste eine ganze Weile verhandeln, ehe sie eingelassen wurden.

Chevalier erwartete sie in der offenen Tür seiner Villa. Er betrachtete nachdenklich die vier Polizeibeamten und nickte dann. »Guten Abend. Sie wünschen?«

Er ähnelte dem Geschäftsführer des Eve. Auch er hatte eine Glatze und ein rundes Gesicht mit kräftiger Nase. Seine Augen waren klein und in schwere Tränensäcke eingebettet. Er mochte Ende Vierzig sein.

»Guten Abend, Monsieur Chevalier. Es tut mir Leid, dass wir Sie um diese Zeit noch stören müssen, aber wir haben einige Fragen«, sagte Mollier fast respektvoll.

»Worum geht es?«

»Es geht um einen Marokkaner namens Hassan al Adr. Er hat angeblich hier gearbeitet, und er ist verschwunden. Kollegen haben sein Foto wieder erkannt. Deshalb müssen wir Sie bitten, in Ihrer Kartei nachzusehen, ob Sie Unterlagen über den Mann haben.«

Chevalier steckte die rechte Hand in die Tasche. »Der Name sagt mir nichts. Außerdem hat das nicht bis morgen Zeit?«

»Nein, Monsieur Chevalier, eigentlich nicht«, antwortete Mollier und räusperte sich umständlich. »Wir müssen Sie bitten, jetzt gleich mit uns in Ihr Büro zu fahren.«

Chevalier fixierte de Vries' Schuhe. »Na gut«, sagte er endlich. »Ich komme mit. Allerdings möchte ich meinen eigenen Wagen benutzen.«

»Gut«, sagte de Vries, »dann fahre ich mit Ihnen, wenn Sie gestatten.«

Chevalier hob heftig den Kopf. »Misstrauen Sie mir etwa?«

»Nein, nein, es ist nur eine Dienstvorschrift«, antwortete de Vries freundlich.

Chevalier zuckte die Achseln, holte seinen Wagenschlüssel und rief etwas ins Haus, das sie nicht verstehen konnten. Dann bestieg er mit de Vries einen großen dunklen Citroën, der vor dem Haus parkte.

»Das geht mir zu glatt«, sagte Charles Mollier, als sie wieder in dem Polizeifahrzeug saßen. »Entweder gibt es diesen Hassan wirklich nicht, oder sie haben alle Spuren so gründlich beseitigt, dass Chevalier nichts befürchten muss.«

Als sie die Altstadt von De Panne erreicht hatten, begann das Funkgerät zu piepsen. Charles Mollier drückte auf die Taste und nahm das Mikrofon. »Hier Wagen fünfzehn, Mollier. Was gibt's?«

»Hier Funkzentrale. Der Werkschutz von De Panne hat angerufen. Sie haben ein unbekanntes Schiff vor der Anlage gesichtet. Angeblich eines von den Greenpeace-Schiffen. Sie haben die Leute aufgefordert abzudampfen, aber die wollen nicht. Der Werkschutz fährt jetzt raus, will aber Unterstützung von der Polizei. Habt ihr was zu tun, oder könnt ihr das übernehmen?«

»Nein, tut mir Leid, wir haben zu tun. Wir überprüfen gerade Chevalier. Aber wenn wir fertig sind, kommen wir nach.«

Mollier steckte das Mikrofon wieder an seinen Platz zurück und bemühte sich, Chevaliers Wagen zu folgen.

»Das ist die *Strandflieder*«, sagte Carla leise zu Sternberg.

Er nickte und drückte kurz ihre Hand.

Chevaliers Büro lag in einem schönen alten Bürgerhaus mit dezenten Schnörkeln an der Fassade. **Chevalier Arbeitsvermittlung** stand in großen weißen Neonbuchstaben über dem Eingang.

»Sieht aus wie das Café Eve, nur dezenter«, sagte Sternberg.

Charles Mollier nickte. »Im Prinzip ist es auch dasselbe. Im Eve zieht er den Leuten das Geld aus der Tasche, das er ihnen hier vermittelt. Ziemlich mieser Typ, dieser Chevalier.«

Sie stiegen aus und folgten Chevalier in dessen Büro.

»Ich kenne mich mit der Kartei nicht besonders gut aus, das machen meine Sekretärinnen. Aber ich werde es versuchen«, sagte er laut.

Das Büro war einfach eingerichtet, sozusagen den Umständen angepasst, um die armen Marokkaner, Algerier und Tunesier nicht zu erschrecken: eine Holztruhe, dahinter Büroschränke aus Metall und in einer Ecke der unvermeidliche Computer. Der Linoleumfußboden war abgetreten, Aschenbecher auf hohen Gestellen standen herum. An der Wand hing ein Kalender mit einem blonden Mädchen im Badeanzug.

»Woher kommen denn immer wieder die vielen neuen Arbeiter, die Sie vermitteln?«, fragte Sternberg.

»Es spricht sich herum, dass es hier hoch bezahlte Jobs gibt«, antwortete Chevalier. »Manche der Leute arbeiten während ihrer Urlaubszeit in De Panne und machen einen schönen Schnitt dabei. Hier wird Leistung noch hoch bezahlt.«

»Gut, wir wissen alle, dass Sie das wahre Arbeitsparadies verwalten«, erwiderte de Vries schroff. »Sie sagen nur kein Wort darüber, dass in den letzten Jahren unzählige dieser armen Kerle schwer verseucht wurden und als Gratisbeigabe für den tollen Job auch noch Krebs bekommen werden.«

Chevalier lief rot an und wollte aufbrausen, aber de Vries schnitt ihm mit einer Handbewegung das Wort ab. Daraufhin drehte er sich um und begann die Schränke zu öffnen. »Wann soll dieser Hassan al Adr hier gearbeitet haben?«, fragte er mit gepresster Stimme.

»Vor drei, vier Wochen.«

Chevalier suchte umständlich herum, nahm schließlich einen Karteikasten heraus und stellte ihn auf die Holztheke. »Al Adr«, wiederholte er und befeuchtete seinen Daumen, um die Karteikarten besser durchblättern zu können.

»Keiner dabei«, sagte er nach einer Weile.

De Vries schaute ihm über die Schulter.

»Nein, da ist nichts, weder unter Adr noch unter al Adr. Ich habe es ihnen doch gleich gesagt, dass es ihn nicht gibt!«

»Doch, es gibt ihn.« Sternberg gab sich besondere Mühe, fehlerfrei Französisch zu sprechen. »Wir haben nämlich seine Leiche gefunden, und die war voll Plutonium. Aber daran ist er nicht gestorben. Er hat einen Schlag auf den Kopf bekommen, und wir wüssten gern, von wem. Vielleicht können Sie es uns sagen?«

Chevalier war blass geworden und stützte sich mit beiden Händen auf der Holztheke ab. »Wie kommen Sie dazu, mich zu verdächtigen! Ich habe diesen Mann noch nie in meinem Leben gesehen. Wer sind Sie überhaupt?«

Sternberg verbeugte sich leicht. »Kommissar Philip Sternberg von der Umweltzentrale der Bundesrepublik Deutschland. Ich habe Sie außerdem gar nicht verdächtigt, Monsieur Chevalier!« Er musterte den Arbeitsvermittler nachdenklich. »Es wäre allerdings günstiger für Sie, wenn Sie zugeben würden, dass Sie Hassan al Adr nach De Panne vermittelt haben.«

Chevalier rieb seinen blanken Schädel, kleine Schweißperlen standen auf seiner Oberlippe. »Ich werde in meinem Privatbüro nachsehen, und ich werde meinen Rechtsanwalt anrufen.«

»Beides wäre sicher sehr günstig für Sie«, sagte Sternberg beinahe freundlich.

Chevalier öffnete eine der drei Türen, die vom Büro aus zu

sehen waren, und verschwand in dem dahinter liegenden Raum.

De Vries folgte ihm schnell.

Ein rumpelndes Geräusch alarmierte die anderen. Sie stürmten in das Nebenzimmer. Ein Stuhl und eine Lampe lagen am Boden. De Vries hielt Chevaliers Arm im Polizeigriff.

»Er wollte abhauen«, keuchte er. »Ich habe ihn gerade noch erwischt!«

»Ich wollte nur auf die Toilette gehen«, sagte Chevalier, dessen Arm halb ausgekugelt war.

Charles Mollier ging zu der halb geöffneten Tür im Hintergrund und sah hinaus. »Befindet sich die Toilette im Freien?«, erkundigte er sich höflich.

»Oh, verdammt! Lassen Sie mich endlich los!«, schrie Chevalier.

De Vries setzte den Arbeitsvermittler auf dessen Schreibtischsessel, knipste die Lampe an und richtete den Lichtstrahl genau auf Chevaliers Gesicht.

»Warum wollten Sie weglaufen?«, fragte er.

»Weil ich keine Lust habe, mir länger Ihre dummen Fragen anzuhören! Gehen Sie doch zum Werkschutz oder gleich zur Direktion der WAA. Ich habe damit nichts zu tun. Mir wurde vor drei Wochen gesagt, ich solle die Karteikarte von Hassan al Adr vernichten und keine Fragen stellen. Das habe ich gemacht, mehr nicht. Ich habe keine Ahnung, was mit dem Mann passiert ist.«

»Gut«, sagte de Vries, »das ist ja immerhin schon etwas. Wenn Sie uns noch ein paar Namen nennen würden – zum

Beispiel, wer Ihnen den Auftrag gab, die Karteikarte zu vernichten –, dann würde die Lage für Sie noch besser werden.«

»Ich kenne keine Namen!« Chevaliers Gesicht war grau geworden. »Das sind ja Gestapomethoden, die Sie hier anwenden!«

»Oh!«, antwortete de Vries spöttisch. »Ich habe Sie für einen harten Burschen gehalten, aber kaum dreht man Ihnen ein bisschen den Arm um, dann kriegen Sie schon das große Zittern!«

Chevalier starrte ihn hasserfüllt an. »Ich kenne keine Namen. Lassen Sie mich endlich in Ruhe!«

»Lass ihn«, lenkte Charles Mollier ein. »Wir nehmen ihn vorläufig fest und verhören ihn später weiter. Wir müssen uns um die Greenpeacer kümmern, sonst gibt es da auch noch Ärger!«

Das Schnellboot der belgischen Wasserschutzpolizei verließ den Hafen von De Panne kurz vor zwölf Uhr nachts. Im Eve war noch immer Hochbetrieb.

»In zehn Minuten werden wir die *Strandflieder* erreicht haben«, sagte de Vries. Er sah sehr zufrieden aus, und seine Wangen leuchteten hochrot. Sternberg und Carla hatten ihm und Mollier von ihrer Zusammenarbeit mit Greenpeace erzählt, und die Kollegen hatten ungläubig zugehört.

»Machen Sie das in Übereinstimmung mit den deutschen Behörden?«, hatte Mollier gefragt.

»Nein, wir machen das, weil es uns sinnvoll erscheint. Schließlich haben die Greenpeacer auch die Tonne mit dem toten Hassan gefunden«, war ihm von Sternberg geantwortet worden.
Die Stadt blieb hinter ihnen zurück, das Wasser des Kanals, der zum offenen Meer führte, war schwarz. Links von ihnen tauchte die hell erleuchtete Atomfabrik auf.
»Sieht aus wie ein Hochsicherheitsgefängnis«, murmelte Sternberg, und Carla nickte heftig.
Das Boot fuhr auf Höhe der Atomfabrik. Sie konnten uniformierte Wachleute erkennen, die in Eile einen Jeep bestiegen.
»Dort drüben ist der Hafen der WAA, in dem auch größere Frachter anlegen können. Einer ist gerade da, aber es ist zu dunkel, um die Nationalität zu erkennen«, sagte de Vries, der sich neben sie an die Reling gestellt hatte.
Der Kanal öffnete sich und ging allmählich in das sanft bewegte, dunkle Meer über. Die *Strandflieder* war noch einen halben Kilometer entfernt. Zwei kleine Boote hatten längsseits festgemacht.
Carla sah de Vries von der Seite an. »Wie behandeln Sie eigentlich Greenpeacer hierzulande?«
De Vries kaute auf seiner Unterlippe. »Tja«, antwortete er zögernd. »Bisher sind die Kollegen ziemlich rau mit ihnen umgesprungen. Aber sie haben schon Sympathie hier, so ist es nicht. Für den Werkschutz kann ich allerdings nicht garantieren.«

»Und wie sollen wir uns verhalten?«, fragte Carla und stieß Sternberg leicht an.

»Wir halten uns möglichst raus, denn wir sind hier Gäste!«

»Soso, wir halten uns raus«, murmelte Carla.

Die *Strandflieder* war nur noch zwanzig Meter von ihnen entfernt. Der Kapitän des Schnellboots drosselte die Motoren und legte hinter den anderen Booten an. Sie kletterten nacheinander die Strickleiter hinauf. Ein belgischer Polizist reichte ihnen von oben die Hand und half ihnen hinauf. In der Schiffsmesse waren mehr Werkschutzleute zu sehen als Greenpeacer. Piet stand aufrecht in der Mitte, Simon saß auf der Bank; außerdem sah Carla noch zwei Männer in dunklen Seemannspullovern. Das waren vermutlich die Chemiker, die in Holland an Bord gegangen waren, um die Wasseruntersuchungen durchzuführen.

»Wir wollen hier nur für eine Nacht ankern«, sagte Piet gerade in schwerfälligem Französisch.

»Aber ihr habt ein Schlauchboot ausgesetzt und seid zur WAA rübergefahren! Was habt ihr da gemacht?«, rief einer der Werkschutzleute.

»Warum interessiert Sie das?« Piet stand sehr gerade da.

»Es interessiert uns, weil wir für die Sicherheit dieser Anlage verantwortlich sind!«

Die Männer vom Werkschutz trugen dunkelblaue Uniformen mit auffälligen Gürteln, an denen je ein Schlagstock und eine Pistole baumelten.

»Die haben Wasserproben genommen, das ist doch ganz klar!«, sagte ein zweiter Wachmann. »Und das ist illegal, weißt du das?« Er drängte sich dicht an Piet heran.

Sternberg stand hinter Carla. De Vries und Mollier sahen ihr ebenfalls über die Schulter.
»Dürfen die so mit den Greenpeacern umgehen?«, fragte Carla leise.
De Vries zuckte die Achseln. »Sie werden ihnen schon nichts tun.«
»Wo sind die Wasserproben, he!«, schrie einer der Uniformierten und versetzte Piet einen Stoß.
Piet verschränkte die Arme über der Brust und streckte trotzig seinen roten Bart vor. »Ein Grundsatz von Greenpeace ist Gewaltfreiheit«, sagte er so würdevoll, dass Carla lächeln musste.
»Dann durchsuchen wir eben das Schiff!« Die Werkschutzmänner verschwanden über die schmale Eisentreppe in den Maschinenraum. Dort unten befand sich auch das Labor.

Carla drängte sich an den Polizisten vorbei zu Piet. »Wo ist Britta?«, fragte sie.
Piet lächelte ein wenig, als er Carla erkannte. »Habt ihr uns diese wilden Kerle auf den Hals gehetzt?«, fragte er.
»Quatsch! Aber wo ist Britta?«
»Sie ist unten bei Petra oder in ihrer Kabine.«
Carla ging zur Eisentreppe. Sie hörte, wie die Männer des Werkschutzes im Labor herumfuhrwerkten. Es klirrte und krachte. Sie kletterte schnell die Leiter hinunter und stellte sich in die Tür. Die Uniformierten waren gerade dabei, das Labor zu zerstören.

»Darf ich Sie darauf aufmerksam machen, dass Sie mehrere Straftaten gleichzeitig begehen!«, sagte Carla laut.

Die Männer fuhren erstaunt herum.

»Was wollen Sie denn hier, kleine Dame?«, fragte einer von ihnen und kam auf Carla zu. »Sind Sie vielleicht auch eine Umweltkämpferin? Wo hatten Sie sich denn versteckt?«

Carla sah ihm ruhig entgegen. Kalte Wut stieg in ihr auf. Diese Männer verkörperten genau die Art brutaler Gewalt, die sie am meisten fürchtete. So mochten auch SA-Leute im Dritten Reich die Wohnungen der Juden verwüstet haben.

Der Mann stand breitbeinig vor ihr, aber sein Gesichtsausdruck war nicht mehr so selbstsicher wie noch vor ein paar Sekunden. Carlas Ruhe machte ihn ganz offensichtlich nervös.

Sie stand locker vor ihm, bereit, ihn mit zwei Griffen zu Boden zu werfen.

»Polizei!«, sagte sie. »Ich muss Sie bitten, diesen Raum sofort zu verlassen. Es gibt kein Gesetz, das verbietet, Wasserproben zu nehmen. Das ist Ihr eigenes Gesetz, meine Herren!«

Die Männer starrten Carla ungläubig an.

»Dann zeigen Sie mal Ihren Ausweis, Fräuleinchen!«, sagte der Anführer langsam.

Carla ließ ihn nicht aus den Augen, während sie mit einer Hand den Dienstausweis aus ihrer Jackentasche zog.

»Das ist ja gar kein belgischer Ausweis, das ist ein deutscher! Was haben Sie hier zu suchen?«

»Das werde ich Ihnen später erklären. Verlassen Sie jetzt diesen Raum!«

Widerwillig gingen die Männer an Carla vorüber zur Eisentreppe und kletterten wieder nach oben. Carla sah sich um. Das Labor war mit Glasscherben übersät, verschiedene Flüssigkeiten hatten sich auf den Boden ergossen.

Sie ging in den Maschinenraum.

»Petra! Britta!«, rief sie.

»Ich bin hier«, antwortete Petra, und ihr ölverschmiertes Gesicht tauchte hinter dem breiten Dieselmotor auf. »Britta ist in ihrer Kabine!«

Carla wandte sich um und stieg wieder zur Schiffsmesse hinauf. Sternberg und de Vries redeten heftig auf die Werkschutzleute und die Greenpeacer ein. Keiner achtete auf Carla. Sie schlüpfte durch die Tür zu den Kabinen. Zwei der Werkschutzleute hatten das bereits vor ihr getan und waren in Brittas Kabine eingedrungen.

»Du versteckst doch was! Gib die Proben her!«, hörte Carla einen Mann drohend sagen. Dann folgten klatschende Schläge und ein Aufschrei.

Carla sprang in das winzige Zimmer. »Lassen Sie das Mädchen los!« Carla handelte, ohne nachzudenken. Sie zog ihre Pistole, als einer der Männer nach seiner Waffe greifen wollte. »Verschwinden Sie! Raus!«

Britta kauerte in der Ecke der schmalen Kabine.

»Raus!«, wiederholte Carla. Sie ging rückwärts auf den Gang hinaus und stellte sich neben die Kabinentür.

Die Männer zogen sich langsam zurück und gingen vor

Carla her zur Schiffsmesse. Als sie dort angekommen waren, gab Carla Sternberg ein Zeichen.
»Lass keinen von denen hier herein!«, rief sie ihm zu.
Er nickte und stellte sich vor die Tür.
Carla kehrte zu Britta zurück, die noch immer in der Ecke kauerte. Eine ihrer Wangen war rot und zeigte deutlich die Fingerabdrücke des Wachmanns.
Carla fasste das Mädchen an beiden Schultern und zog es hoch.
»Sie haben dich geschlagen, nicht wahr?«
Britta nickte und begann zu weinen. Kleine, unterdrückte Schluchzer drangen aus ihrer Kehle. Sie lehnte sich an Carla, und ihr Weinen wurde lauter und heftiger. Carla stand ganz still. Sie hatte einen Arm um Britta gelegt und sah an dem dunklen Haar des Mädchens vorbei auf die Wand. Dort hing das Bild einer unberührten Landschaft mit einem herrlichen Eisvogel im Vordergrund. Britta weinte lange, dann richtete sie sich auf und strich ihr Haar zurück. Ihre Augen waren rot verquollen.
»Entschuldigen Sie.«
»Was denn?«
»Dass ich hier so herumheule. Aber ich ... kann es nicht ertragen, wenn ich geschlagen werde. Ich bin von zu Hause abgehauen, weil sie mich immer geschlagen haben. Ich bin erst sechzehn, aber ich will nie wieder nach Hause zurück!«
Carla streichelte über die glatten Haare des Mädchens.
»Das kann ich verstehen«, sagte sie leise. »Meine Mutter ist auch mit sechzehn von zu Hause weggelaufen, weil ihr

Vater sie geschlagen hat. Ich werde bestimmt nicht verraten, dass du auf der *Strandflieder* lebst.«
»Ehrenwort?«
»Ehrenwort!«
»Und der Kommissar?«
»Der sagt auch nichts. Er ist schwer in Ordnung.«
Ein winziges Lächeln erschien auf Brittas Gesicht, und dann schlug sie die Bettdecke zurück. Dort lagen auf dem weichen Kopfkissen die Wasserproben sicher in einem Bleibehälter.
»Du hast die Wasserproben gerettet, Britta! Das war doch fast ein paar Ohrfeigen wert. Wenn sie im Labor geblieben wären, dann gäbe es sie nicht mehr. Dort haben sie alles zerschlagen.«
Britta atmete tief ein.

Chevalier wurde in dieser Nacht noch viermal verhört. Dreimal erinnerte er sich an gar nichts.
Beim vierten Mal war es fünf Uhr morgens, und er sah sehr schlecht aus, denn man hatte ihn keine Minute schlafen lassen.
De Vries aber hatte noch immer rote Wangen, und er ließ nicht locker. Sternberg und Carla unterstützten ihn bei den Fragen an Chevalier. Um fünf Uhr fünfundzwanzig brach Chevalier zusammen. Kalter Schweiß stand ihm auf der Stirn.
»Es waren Tessier, Venton und Lasalle. Sie wollten von mir wissen, wo Hassan al Adr wohnt. Ich wusste aber nicht,

was sie vorhatten. Das müssen Sie mir glauben! Ich dachte, sie würden ihm eine Abfindung geben. Das ist schon ein paar Mal vorgekommen, wenn einer zu viel von dem Zeug abbekommen hat!«

De Vries zündete sich eine Zigarette an. »Und wer ordnet so was an?«, fragte er weiter.

»Ich weiß es nicht!«, schrie Chevalier. »Ich weiß es wirklich nicht. Fragen Sie die anderen, aber nicht mich. Ich kann es Ihnen nicht sagen!«

»Okay, bringen Sie ihn in seine Zelle, und lassen Sie ihn schlafen«, sagte de Vries zu einem jungen Polizisten, der neben der Tür saß.

Chevalier schwankte, als er hinausgeführt wurde.

»Gut«, murmelte de Vries. »Um acht Uhr beginnt die nächste Schicht, dann fahren wir raus und holen uns die Leute. Bis dahin sollten wir uns auch noch ein bisschen aufs Ohr legen. Ich schlafe hier. Soll ich Sie ins Hotel fahren?«

»Nein, danke«, antwortete Sternberg. »Wir gehen zu Fuß, es ist nicht weit.«

Er hakte Carla unter, und sie verließen das Polizeirevier und gingen zum Hafen hinunter. Es war kalt.

»Es wird bald Frost geben«, sagte Carla und gähnte.

»Ja«, erwiderte Sternberg. »Davon abgesehen bin ich so müde, dass ich wahrscheinlich ins Hafenbecken fallen werde.«

»Sieh mal, da liegt die *Strandflieder*, und es ist noch Licht an Bord!«

Die *Strandflieder* war von den Polizeibooten in den Hafen

geleitet worden. Hier sollte sie bis zum Abschluss der Untersuchungen bleiben.

»Carla, bleib hier. Ich hab jetzt die Nase voll!«, rief Sternberg.

Aber Carla hatte sich von ihm losgemacht und war zu dem Schiff gelaufen. Sie sprang an Bord und klopfte an eine Fensterscheibe. Eine Weile blieb alles still, dann erschien Piets verstrubbelter Kopf in der Tür.

»Hallo, Piet! Was macht ihr denn noch?«

»Wir haben die Wasserproben untersucht. Gott sei Dank gibt es heutzutage Methoden, mit denen man Plutonium in wenigen Stunden nachweisen kann. Wir haben Werte von 0,2 bis 0,5 Milligramm pro Liter gefunden. Das reicht. Entweder hatten die kürzlich einen größeren Störfall, oder sie lassen das Zeug einfach ins Meer ab.«

»He, was ist denn da los?« Ein verschlafener Polizist stieg aus seinem Fahrzeug, das neben der *Strandflieder* stand.

»Das ist unsere persönliche Schutzmacht!« Piet grinste.

»Gute Nacht oder besser: Guten Morgen!«, rief Carla und kehrte zu Sternberg zurück.

»Sie haben Plutonium im Meerwasser nachgewiesen ... Bist du etwa noch müde?«

»Nein, fast gar nicht mehr.« Sternberg gähnte.

»Du bist ein alter Mann«, sagte Carla. »Wie alt bist du eigentlich genau?«

»Genau zweiunddreißig Jahre und vier Monate.«

»Doch nicht so alt! Dann gehen wir jetzt Muscheln essen. Vielleicht hat Valier sie für uns warm gehalten.«

Sternberg lachte und legte den Arm um Carlas Schultern.

Sie schlenderten am Café Eve vorbei, das längst geschlossen hatte. Sogar die Neonbeleuchtung war ausgeschaltet worden. Ein paar Möwen schrien.
Als sie kurz nach sechs Uhr das Hotel Sur Mer erreichten, war der Wirt gerade aufgestanden. Er öffnete die Tür und trug bereits seine lange weiße Schürze.
»Wo kommen Sie um Himmels willen jetzt her?«, fragte er vorwurfsvoll. »Ich habe mir Sorgen um Sie gemacht!«
»Das ist sehr freundlich von Ihnen«, antwortete Sternberg. »Aber noch netter wäre es, wenn Sie uns die Muscheln zum Frühstück servieren würden, die wir eigentlich gestern Abend essen wollten.«
Valier riss die Augen auf und lachte dann. »Warum nicht!«, rief er.
»Aber sie kommen auch wirklich nicht aus De Panne?«
Der Wirt legte seine rechte Hand auf das Herz und verbeugte sich, bevor er in der Küche verschwand.

Als Carla und Sternberg wenige Stunden später zum Polizeirevier 2 gingen, schien die Sonne. Die *Strandflieder* lag friedlich im Hafen, noch immer bewacht von zwei schläfrigen Polizisten. Das Café Eve wirkte verstaubt im Morgenlicht. Die Fenster waren schmutzig und die Neonbuchstaben verrußt.
Das Polizeirevier lag in einem alten weiß gestrichenen Haus, dessen Putz schon ein wenig bröckelte. Eine große weiße Möwe saß auf dem Treppengeländer und schwang sich schwerfällig in die Luft, als Carla und Sternberg die

Stufen betraten. Sie klingelten an der dunkelbraunen Holztür, denn es gab kein Polizeirevier mehr in Europa, in das man einfach hineingehen konnte. Ein kleines Schiebefenster wurde geöffnet, und ein junger Beamter lugte hindurch.

»Sie wünschen?«, fragte er höflich.

»Wir möchten zu Mollier und de Vries. Kommissar Sternberg ist mein Name.«

»Aha«, antwortete der Polizist und öffnete die Tür. »De Vries! Hier ist Besuch für dich!«

De Vries' rotwangiges Gesicht tauchte aus einer der Türen auf. Er winkte, und sie gingen zu ihm hinüber.

»Wollen Sie Kaffee?«, fragte er fröhlich. »Ich habe gerade frischen gemacht.«

»Gern. Woher kommt Ihre gute Laune?«, gab Carla zurück.

»Ich war heute schon fleißig. Ich habe die Werkschutzleute Tessier, Venton und Lasalle in ihren Wohnungen festgenommen. Plötzlich kam mir der Gedanke, das könnte einfacher sein als in dieser Festung da draußen!« De Vries schenkte den Kaffee in dicke blaue Tassen ein und reichte sie seinen Kollegen. »Die drei haben auch eine Menge erzählt. Eigentlich fast alles, nur das Wichtigste fehlt noch: die Namen der Verantwortlichen für diese üble Geschichte.«

Carla setzte sich auf einen lederbezogenen Holzstuhl. »Ich möchte die Geschichte hören«, sagte sie.

Sternberg stand am Fenster und schaute in den grünen Hinterhof hinaus. Wilder Wein wuchs an den Mauern empor. Die Blätter waren schon rot und gelb gefärbt. Spatzen hüpften auf dem Dach gegenüber herum. Eigentlich will ich die Geschichte nicht hören, dachte er und schloss die Augen vor dem grellen Sonnenlicht.

Als er die Augen wieder öffnete, sah er de Vries sehr aufrecht in dem kleinen Dienstraum stehen. Die weißblonden Haare waren von der langen Nacht zerzaust, aber seine Augen leuchteten. Er begann mit heiserer Stimme zu sprechen: »Hassan al Adr war ein ganz normaler marokkanischer Leiharbeiter. Er machte diesen Job schon seit einigen Jahren, zog sozusagen von Atomkraftwerk zu Chemieanlage, von Baustelle zu Wiederaufbereitungsanlage. Aber etwas unterschied ihn von den anderen: Er interessierte sich dafür, was er eigentlich machte. Er las Bücher über Atomenergie und Wiederaufbereitung. Er verstand wahrscheinlich nicht viel von dem, was er las, denke ich mir jedenfalls. Aber er verstand mit der Zeit eines, nämlich, dass die Arbeit in den Atomanlagen gefährlich war, vielleicht sogar lebensgefährlich.«

De Vries zündete sich eine Zigarette an und stieß eine große Rauchwolke aus.

Sternberg sah nicht mehr aus dem Fenster, sondern beobachtete seinen Kollegen. Er mochte de Vries und dessen fast heftige Art.

»Und Hassan al Adr machte sich Gedanken darüber, warum vor allem Nordafrikaner die französischen und belgischen Anlagen reinigten und gefährliche Reparaturen ausführten. Es gefiel ihm nicht. Er kam auf die Idee, dass einer der Gründe sein könnte, dass diese Leute arm waren und außerdem keine Ahnung von den wirklichen Gefahren hatten. Er versuchte mit einigen Landsleuten darüber zu reden, aber er hatte wenig Erfolg damit. Sie glaubten ihm nicht und waren nur an dem Geld interessiert.«

De Vries machte eine Pause und rauchte zwei Züge.

»Und dann arbeitete er in De Panne. Es kam zu einem Störfall, bei dem plutoniumverseuchtes Wasser den Raum überflutete, in dem er gerade ein Rohr schweißte. Es war viel Wasser, und es waren nur drei Arbeiter im Raum. Hassan al Adr hat am nächsten Tag zufällig die Messergebnisse erfahren und wusste, dass er schwer verseucht war. Er hat wohl beschlossen, die Geschichte an die Öffentlichkeit zu bringen. Aber er war dem Werkschutz schon aufgefallen. Ein Beauftragter der WAA fuhr zu ihm in das Wohnheim, um mit ihm zu reden und ihm Geld anzubieten. Hassan wusste nämlich auch, dass das verseuchte Wasser ins Meer geleitet wurde. Hassan aber ließ nicht mit sich reden. In seinem Zimmer lagen bereits frankierte Briefe an verschiedene Zeitungen. Er nahm auch das Geld nicht an. Deshalb hat dann irgendjemand den Werkschutzleuten Tessier, Venton und Lasalle den Auftrag gegeben, Hassan zum Schweigen zu bringen. Sie sollten ihm wohl nur Angst machen, aber er ließ sich nicht einschüchtern.«

De Vries zog heftig an seiner Zigarette und sah auf den Boden.

Carla umfasste ihre Kaffeetasse so fest, dass die Knöchel ihrer Finger weiß hervortraten. »Und dann?«, fragte sie.

»Venton schlug ihn mit einer Flasche nieder. Al Adr ist wohl kurz darauf gestorben. Sie haben ihn weggeschleppt und dem Hausmeister gesagt, er sei nach Hause gefahren. Sie haben sein Zimmer leer geräumt und alles verbrannt.
Hassan selbst wurde in eine Tonne mit radioaktivem Abfall gesteckt und in der Nordsee versenkt. Zur Ablenkung legten sie einen Kittel mit der Aufschrift La Hague bei. Chevalier musste seine Unterlagen vernichten.
All das wäre unentdeckt geblieben, wenn Greenpeace die Tonne nicht gefunden hätte. Da wurden sie nervös, versuchten Ihnen, Frau Baran, die Liste wegzunehmen und fuhren an der Küste entlang, um zu sehen, ob noch mehr Tonnen aufgetaucht waren. Es waren Leute vom Werkschutz, die der *Strandflieder* vor Juist folgten.«
Sternberg sah wieder aus dem Fenster. Er fühlte sich müde und traurig. Die Muscheln lagen ihm schwer im Magen.
»Und wer ist für all das verantwortlich?«, fragte er.
»Das müssen wir noch herausfinden«, antwortete de Vries langsam. »Sie werden schon einen vorschicken. Einer von der Führungsmannschaft wird den Kopf hinhalten müssen, damit sie ihren Betrieb retten können.«
»Es kommt darauf an, wie die Menschen auf diese Geschichte reagieren. Greenpeace hat eine hohe Plutoniumkonzentration im Wasser gefunden. Ich glaube nicht, dass die Leute das so einfach hinnehmen werden«, sagte Carla müde.
»Hoffentlich«, antwortete de Vries und drückte seine Zigarette im Aschenbecher aus.

Acht Wochen später wurde die Wiederaufbereitungsanlage De Panne geschlossen. Zwei Abteilungsleiter und der Direktor wurden der Anstiftung zum Totschlag angeklagt. Außerdem legte man ihnen illegale Versenkung von Atommüll zur Last und die Verseuchung der Gewässer vor der belgischen Küste. Der Name Greenpeace wurde wieder häufiger in den Zeitungen, in Rundfunk und Fernsehen genannt. Viele Demonstranten zogen nach De Panne. Die Pommes-frites-Buden machten gute Geschäfte. Das Café Eve aber musste schließen, denn es gab in De Panne keine Leiharbeiter mehr.

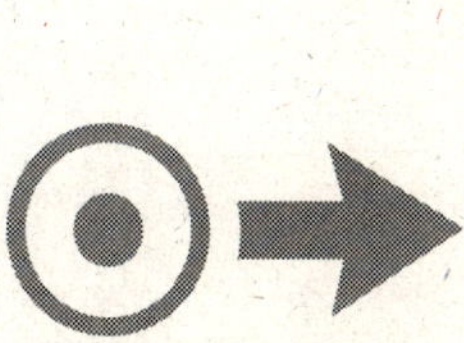

Gunnel Linde

Wie eine Hecke voll Himbeeren

RTB 2069

Sylvia hat sich in ihren Klassenkameraden Pelle verliebt. Jetzt kann sie sich ein Leben ohne ihn überhaupt nicht mehr vorstellen. Aber dann kommt alles ganz anders.
ab 12

Inge Meyer-Dietrich

Und das nennt ihr Mut

RTB 2059

Mit seinem Vater hat Andi ständig Krach und in der Schule findet er keine Freunde. Da sucht er Anerkennung bei Mikes Gang, den Sharks. Doch schon bald steckt Andi so tief wie nie zuvor in Schwierigkeiten.
ab 12

Inge Meyer-Dietrich

Plascha

RTB 2004

Ende des 1. Weltkriegs ist das Leben im Ruhrgebiet schwer. Es gibt wenig zu essen, und die meisten Männer sind Soldaten. Auch Plaschas Vater „kämpft für Kaiser und Vaterland". Trotzdem beschimpft man Plascha und ihre Familie als Polacken. Doch wenn Plascha mit ihrer Freundin spielt, vergißt sie das alles.
ab 12

Helen Griffiths

Hexentochter

RTB 2012

Um das Jahr 1640 taucht in einem Dorf ein Mädchen auf, das kein Wort spricht und sich verhält wie ein verschrecktes Tier. Man hält Agnes, wie das Mädchen von den Pflegeeltern genannt wird, für schwachsinnig. Doch als man sie mit einer Katze spielen sieht, beginnen die Gerüchte: Ist Agnes eine Hexe?
ab 12

Mark Twain

Die Abenteuer des Huckleberry Finn

RTB | 2009

Auf ihrer abenteuerlichen Flucht den Mississippi hinunter stoßen Huck und der entflohene Sklave Jim auf seltsame Gestalten: Träumer und Trinker, ehrbare Farmer und ausgekochte Halunken.

ab 12

Mark Twain

Tom Sawyers Abenteuer

RTB | 2010

Tom und Huck sind auf der Suche nach einem geheimnisvollen Schatz. Doch um ihn zu finden, müssen sie einige aufregende und gefährliche Abenteuer bestehen. Denn sie sind nicht die Einzigen, die nach dem Schatz suchen.

ab 12